a
文庫

最愛の花

藤波ちなこ

イースト・プレス

contents

プロローグ

　その場所は、城の一角にありながら、鬱蒼《うっそう》とした木々に閉ざされている。

　ソフィアは窓辺《まどべ》に立ち尽くしたまま、春の夜風に銀色の髪をなぶらせていた。瞳は暁《あかつき》の空を写しとったような菫色《すみれ》だが、もし見る人がいればそこに深い翳《かげ》りが宿っていることに気づいただろう。

　一日中、この窓辺にはほとんど陽《ひ》が差すことがない。

　灰色の分厚《ぶあつ》い石壁で造られ、木立《こだち》に囲われたこの場所を、城の人々は廃宮《はいきゅう》と呼んだ。

　ソフィアは物心ついてこの方、数えるほどしかここを出たことがない。

　幼い頃は、自分の一生はこの小さな世界で終わってしまうのだと信じていたものだ。

　それでいいと思っていたのに、ソフィアに外の世界のことを教えてくれる人が現れて、いつか一緒に城から出ようと誓いの言葉をくれた。長い間、約束の証しに、毎日のようにこの部屋に摘《つ》みたての花を届けてくれた。

けれど、その人は今、ソフィアを廃宮に閉じ込め、逃がさぬように人に見張らせている。

そして――。

ソフィアの背後、扉を隔《へだ》てた廊下の向こうから重い足音が近づいてくる。

鍵《かぎ》が外される耳障《みみざわ》りな音の後に、分厚い扉が開かれる軋《きし》みが聞こえた。

足音の持ち主が、身を滑《すべ》らせるように室内に足を踏み入れる。

同時に花の芳香《ほうこう》が室内に漂いはじめた。

誰何《すいか》する必要もない。この部屋の鍵を開けさせることのできる人物は、この城にひとりしかいないからだ。

「……ソフィアさま」

低く滑《なめ》らかな声で男は呼んだ。

ソフィアは返事の代わりにゆっくりと首を巡《めぐ》らせ、横目に声の主を見た。

目の覚めるような赤毛の、すらりと背が高い青年だった。彼は抱えている花束と佩《は》いた剣を無造作《むぞうさ》に卓上に置き、ソフィアに近づいてくる。少しの歪《ゆが》みもない端正な顔に薄い笑みを浮かべて。

「お加減はいかがですか」

言いながら、彼はいつの間にかあと半歩ほどにまで近づいてきていた。優雅な仕草《しぐさ》で左手を伸ばしてきて、ソフィアの左手を取ろうとする。

「……っ」

引っ込める前に、手首を静かに、しかし強引に摑《つか》まれていた。

ソフィアの手の甲《こう》には大きな火傷《やけど》の痕《あと》があった。普段は白い絹の手袋を着《つ》けていたのに、彼に囚《とら》われて以来、隠すことを許されなくなった。

ソフィアの手を包む彼の手も、同じ場所がよりむごく焼け爛《ただ》れている。彼は普段、人前で左手を使うことがなかった。彼がなるべくその手を人目に晒《さら》さぬよう気をつけているのは、左利《き》きが『魔女の手』と呼ばれてひどく忌《い》み嫌われていることに加え、この大きな傷を庇《かば》うためだ。

本来の利き手を使うのは、ソフィアの前でだけ。

彼は身を屈《かが》め、恭《うやうや》しくソフィアの手の甲にくちづけた。

背筋をぞくりとしたものが下りていく。

それに気づいているのかいないのか、青年は顔を上げ、熱っぽい翡翠《ひすい》色の瞳でソフィアを見据えた。

「今日も、何も召し上がらなかったそうですね」

ソフィアが思わず顔を逸《そ》らすと、許さないとでもいうように、身を起こした彼に後ろから強く抱きすくめられた。

「食事はあなたの好きなものばかり作らせているのに、いったい何が気に入らないんです？　六年前のあなたなら、どれだけ質素な料理でも、きちんと残さず召し上がっていたではないですか」

ソフィアは唇を噛《か》みしめ、答えなかった。

「あなたに一口も食べさせることができない無能な料理人など、罰を与えてやりましょうか。それとも、給仕をする女官たちが気に入りませんか？　それなら、全員追い出してもかまわないんですよ」

城の使用人を罰するという強迫《きょうはく》は、ソフィアを弱気にさせた。

同時に、彼がこの広い城を一片の隙《すき》もなく掌握《しょうあく》していることを思い知らされて恐ろしくなる。この城の主は、ソフィアの父であるフォリンデン大公であるはずなのに。

「……やめて。誰も悪くないの……」

声を絞《しぼ》るように言ったソフィアに、彼は喉奥で笑ってみせた。

「では、少しずつでも食べてくれますね」

脅《おど》しつける言葉とは裏腹な優しさで、青年はソフィアを抱きしめる。長く硬い、剣を握るための指が、ソフィアの震える唇に触れた。

衣服越しに彼の逞《たくま》しい身体を感じ、肌が熱くなるのと同時に、胃の腑《ふ》がたちまち凍《こお》り付いてゆくような心地を味わう。

「――もう、やめて」

「何をです?」

「こんなことはもうやめて。あなたはマルハレータの夫になったのでしょう。お父さまとお義母《かあ》さまはどうなさっているの。あなたがここに来ていることを知っているの?　どうしてこんなこと……」

彼はかつて、ずっと側にいて、その剣でソフィアを守ると言ってくれた。

まだ幼い者同士の約束だったけれど、いつかきっと叶うと信じていた。あの頃は、視線を交わすだけでもお互いの気持ちがわかり、側にいられることが幸福であることにすら気づけなかった。

けれど、六年前、ソフィアの妹が彼を自らの騎士にしたいと望んだときに、ソフィアは彼の手を離してしまった。彼はやがて剣だけでなく自身の人生のすべてを妹に捧げることを誓い、妹の花婿として迎え入れられたのだ。

彼の手がソフィアの顎《あご》を掴み、自分の方を向かせた。

「こんなことというのは、こういうことですか」

おかしそうに言って、首を傾け、顔を近づけてくる。

妹の夫とくちづけを交わすことがどんな罪になるか。ソフィアはそれを知らないほど無《む》垢《く》ではなかった。彼を想うことすらやめなければと考えたのだ。

ソフィアは身をよじって彼を拒み、抱擁《ほうよう》を振りほどいて窓辺に縋《すが》り付いた。たったそれだけの抵抗で息が上がってしまう、おのれのひ弱な身体が厭《いと》わしい。

「逃げないでください。ひどくされたくないのなら」

彼はソフィアの腕を摑み、有無を言わさぬ強さで壁際の寝台まで引きずっていく。

「離して！」

叫びも虚《むな》しく、ソフィアは簡単に足を掬《すく》い上げられ、絹の敷布の上に身体を投げ出すことになった。起き上がる前に寝台の隅に追い詰められてしまい、左手首を押さえ付けられる。

てのひらで顔を包まれ、今度こそ、唇を重ねられた。

歯を嚙みしめるソフィアに、彼が口を開くよう命じる。ソフィアが言うことを聞けないでいると、彼は細い顎を指で支えながら舌で歯列《しれつ》をこじ開けた。

貪《むさぼ》るようなくちづけの合間に、ソフィアは彼の囁《ささや》きを聞いた。

「離すものか。もう二度と――」

耳を塞《ふさ》ぎたいのに、指一本すら動かせない。

絹の寝間着は簡単に男の手に剝《は》ぎ取られ、たちまち素肌を露《あら》わにされてしまう。肌の上を大きく熱い手が這《は》うだけで、ソフィアはその感覚に震えた。

ソフィアは、一生、日の当たる場所には行けない。

神はきっと、この男に抱かれている自分を許さないだろう。

これまで彼と重ねた罪と、これから重ねる罪の重さに耐えきれず、ソフィアはきつく目を閉じる。

その瞬間、ひとつきりの燭台《しょくだい》の火が音も立てずに消えた。

1　かっこうの娘

　ソフィアの手の届かない場所で、鉢植《はちう》えの白い花が小さく揺れている。

　窓辺に頬杖《ほおづえ》をついて庭先の様子を眺めながら、ソフィアは寒さに小さく身震いした。季節は春の初めで、陽が落ちはじめた夕方の風はまだ冷たい。

　鉢植えは、十一の誕生日を迎えた今朝、継母《ままはは》である大公妃から贈られたものだった。

　その異国の花は待雪草《まつゆきそう》と呼ばれ、冬の終わりから春にかけて、小さなしずく型の乳白色の花を咲かせる。

　鉢植えを受け取ってすぐに、ソフィアは可憐《かれん》な白い花を好きになった。

　今は下男のじいやに頼み、待雪草が日光を浴びられるように庭に動かして置いてもらっている。

　花の面倒を見る上で一番大切なことは、たっぷりと陽を浴びさせることだと本で読んで知っていたからだ。

　それからのソフィアは、食事の時間以外はずっと、窓辺に張り付いて花を眺めているというありさまだ。

　ソフィアの暮らす廃宮と呼ばれる一角は、窓が北西向きに作られており、一日を通して夕刻のほんの一瞬しか部屋に光が入ることがない。そんな廃宮の構造はソフィアの病んだ身体を守るのに適しているが、植物を育てるには相応《ふさわ》しくないのだ。

　夕食の前には鉢植えを室内に戻さなくてはならないのだけれど、日の光の下に出ると肌を火傷してしまうソフィアは、屋外に出て鉢植えひとつ運ぶことすらできないのだった。

　ソフィアが手袋に包まれた左手をぎゅっと握って俯《うつむ》いたとき、背後の扉が小さく二回叩かれた。

「ソフィアさま。入りますよ」

　ばあやの声だった。

　ソフィアの亡き母の侍女だった人で、今は廃宮で暮らすソフィアの身の回りの世話を一手に引き受けている。

　廃宮に仕えているのは、ばあや以外では口のきけないじいやだけなので、声をかけてくる人物はばあやだけだと決まっている。

「どうぞ」

ソフィアの返事と同時に扉が開いて、ばあやが入ってきた。

その他にここを訪れる人といったら、宮廷司祭と、診療のために訪れる薬師の老婆くらいのものだ。

「ソフィアさま。冷えますから、あんまり風の当たるところにいてはいけませんと言ったでしょう」

咎《とが》めるばあやに、ソフィアは小さく肩を竦《すく》めた。

「ごめんなさい」

ばあやの言うとおり、日がな一日窓辺で庭を眺めていたソフィアの身体は、芯《しん》から冷たくなってしまっていた。今晩は咳《せき》が出て、熱も上がってしまうかもしれない。

ソフィアには、同じ日に生まれた異母妹のマルハレータがいる。

彼女はいたって健康で、両親に愛され、たくさんの侍女や侍従に囲まれて暮らしている。今頃、宮廷ではマルハレータの誕生日祝いの準備のために大わらわだろう。

ソフィアも同い年の異母妹のために手作りの贈り物を用意したのだけれど、彼女が受け取るだろうさまざまな華やかな品物と並べてみたら、きっと見劣《みおと》りしてしまうに違いない。

そもそも、マルハレータはこの部屋を訪れることはあまりないから、いつまでも渡す機会に恵まれないかもしれない。

父である大公すら、廃宮に足を運ぶことは滅多にない。会ってもまともに言葉を交わすことは希《まれ》で、ソフィアはいつも縮こまってしまう。

だからこそ、十一になるお祝いをかねて父が護衛を配属してくれると聞いたときは、驚くと同時に嬉しくなった。

「ばあや、ねえ、もしかして……」

甘えた声で問いかけるソフィアに、ばあやは腕組みをして笑った。

「お待ちかねの従騎士《じゅうきし》どのをお連れしましたよ」

ばあやの言葉が期待したとおりだったので、ソフィアの胸は小さくときめいた。

普段はほとんど会えない父が、ソフィアの身を心配してくれていることはもちろんありがたい。しかし何よりも、言葉を交わせる相手が増えるのがとても楽しみだったので、朝からまんじりともせず待っていたのだった。

「ドラークどの、お入りなさい」

ばあやに促《うなが》され、その人が姿を現した。

「西の辺境伯のご長男、ドラークどのです。本日よりお城に従騎士として出仕され、ソフィアさま付きの護衛になりました」

その姿を見たソフィアは、ばあやの紹介の言葉も耳に入らないほどびっくりしていた。

「……子どもなの？」

唇から滑り出たのは、そんな呟きだった。

ばあやの半歩後ろに立っていたのは、背は高いがまだ成長途中という感じの少年だった。年齢はソフィアと二つか三つしか変わらないように見える。

何よりも印象的なのは、目に焼き付くほど鮮やかな赤毛。

少年はソフィアの呟きを拾ったらしく、形良い唇をぎゅっと嚙んだ。意志の強そうな眉が少し動き、手袋を嵌《は》めた両手がきつく握られるのが見えた。

「ドラークどのは十四歳でいらっしゃいます。立派に宮廷にお仕えできるご年齢ですよ。ドラークどの、ご挨拶《あいさつ》を」

ばあやが言うと、ドラークはさっきの表情をさらりと消して、ソフィアの前に跪《ひざまず》いた。

「ドラークです。初めてお目にかかります。姫君さまにおかれましては、ご機嫌うるわしゅう」

淡々と挨拶され、ソフィアは少し戸惑っていた。

顔を伏せているのでわからないけれど、もしかしてソフィアは、彼を子どもと侮《あなど》って怒らせてしまったのではないだろうか。

自分だって、十一になったばかりの子どもだというのに。

ソフィアは口元に手を当てて視線を彷徨《さまよ》わせた。

それにしても、彼の髪はまるで炎のようにはっきりとした赤色をしていた。

窓から夕陽が差し込んできて、その鋭い光が彼を照らした。彼の髪が光を透かして燃えるような緋色に染まる。

思わずため息が零《こぼ》れた。

（きれい。罪の色だと言う人もいるけれど……）

ソフィアは椅子から立ち上がり、彼に非礼を詫《わ》びようとした。

しかし、声を出すことができなかった。喉が急に冷えた気がして、空気を呑み込んでしまう。すぐに胸が苦しくなって空咳《からぜき》が出た。ソフィアは両手で口元を覆い、背中を丸めた。

こんなにも苦しい発作は久しぶりだった。

「ソフィアさま！」

ばあやが声を出したのと同時に、ドラークが立ち上がっていた。

彼は腰掛けたソフィアに近づき、背中に手を添えて支える。

「ドラークどの、そのまま背中を撫《な》でて差し上げて。わたくしは薬師を呼んできますから」

ばあやがそう言って、慌《あわ》ただしく部屋を出て行った。

ソフィアの胸にはもう吐き出す空気もないのに、咳が止まらない。

じっと耐えていると、大きく温かな手が何度も宥《なだ》めるように背を上下するのに気がつく。

涙目のまま顔を上げると、滲《にじ》んだ視界に彼の緑色の瞳が映る。もう怒ってはおらず、戸惑っているように見えた。

そのうち、ばあやが薬師を連れて戻ってきた。黒ずくめの無口な老婆がソフィアを寝台に寝かせるように言ったので、ドラークがソフィアを運んでくれた。

老婆は馴れた手つきでソフィアの脈を診て、苦い薬を飲ませ、最後に左手を取った。手袋を外されて手の甲に軟膏《なんこう》を塗られるといくらか気分が楽になるのだ。

老婆は処置を済ませると、寝台の側で深々と頭を下げた。

「どうかご心配なさいませんよう。必ずご病気は良くなりますゆえ」

老婆はいつもと同じ言葉を残して、辞去《じきょ》していった。ソフィアが物心つく前から治療を施《ほどこ》してくれているのだが、ソフィアがお礼を言う間もなく去ってしまうのが常だった。

入れ替わりにばあやが寝台の中を覗き込んでくる。

「ソフィアさま、お聞きになりましたか。きっと元気になれますよ。ですから、お体を大事にしてくださいまし」

ばあやは励《はげ》ますような口調で言って、何か羽織るものを持ってくるために隣室に行ってしまった。

側にはドラークだけが残った。

ソフィアは頭を動かして彼の方に顔を向けた。

「ドラーク、助けてくれてありがとう」

「礼には及びません」

「驚いた？　いきなり咳をしだしたから」

「――いえ。ご病気ということは伺《うかが》っていましたので」

「さっき、わたしが手袋を外したところを見たでしょう」

人に見られたくはなかったところを、初対面の彼に晒してしまった。けれど、ソフィアの側にいるのであればいずれ目にするだろうから、早く打ち明けておくのがいいのかもしれない。

「日の光を浴びると火傷してしまうの。これはね」

ソフィアは仰向《あおむ》けに寝転んだまま左手を持ち上げ、逆の手で手袋を取り去った。今更隠そうとは思わなかった。

青白い手の甲の中心に、肉色の油絵の具を塗《ぬ》りたくったような傷がある。人の手形にも見える、癒《い》えない不気味な火傷だった。

「わたしが赤ちゃんの頃、大人の目の届かないところで、日なたに行ってしまったんですって。それで、こうなってしまったの」

言葉を切って、ソフィアはすっかり陽の落ちた窓の外を見つめ、視線をまたドラークに戻した。彼の表情は見えなかった。

短い沈黙の後、彼は静かに言った。

「誰でも、ひとつやふたつの傷はあります」

同年代の少年少女と接することのないソフィアでも、ドラークの物言いがあまりにそつなく、大人びていることがわかった。そして、直感ではあったが、彼が本心を隠して、主人になったソフィアの耳に心地よい言葉を選んでいるのだということも。

「ドラークは、大人なのね」

その言葉に、彼は少しだけ首を傾《かし》げた。

「さっきは、子どもだとおっしゃっていたではないですか」

その問いかけに、ソフィアは苦笑した。

「そうでした。ごめんなさい」

その言葉を最後に、会話は途切れた。

薬師もばあやも、一向に治る兆《きざ》しを見せないソフィアの病を、いつか必ず治ると言って励ましてくれる。

年若いドラークもまた、本心から自分と話してくれることはないかもしれない。

それは忠誠心が欠けているとか裏切っているということではなく、弱くて幼いソフィアを守るための大人の方便《ほうべん》なのだ。

ソフィアは少しだけ寂しく思って、紫色の目を伏せた。

　ドラークを迎えた後の廃宮での生活には、少しの変化があった。

　まず、朝一番に、早朝の訓練を終えたドラークが部屋を訪れるようになった。

　彼の第一の仕事はソフィアに朝の挨拶をすることで、その際に鉢植えを庭先に出して水やりをしてくれる。彼は日に三度周辺の見回りを行い、それ以外の時間は控《ひか》えの間に留まって有事に備えた。夕方になれば、鉢植えを室内に戻して廃宮を辞去し、夜の訓練に参加しているらしい。

　彼はとても言葉少なで、何があっても感情を露わにすることがなかった。

　訪れる者などほとんどない廃宮でソフィアの身辺を守る必要があるとは思えない。護衛はとても退屈な仕事に違いない。

　なのにドラークは不平ひとつこぼさず、常に人目を避けるような場所に姿勢良く立っていて、話しかけることさえはばかられるような隙のなさだ。

　ソフィアは護衛の騎士が話し相手になってくれることを少しだけ期待していたので、寂しかった。

　けれども、数日遅れで誕生日の贈り物が運び込まれてくると、すぐに気が紛れた。

　まず、父の弟である宰相《さいしょう》が、本を数冊届けてくれた。会ったことはない人だが、気にかけてくれているらしく、時折、本や詩集を寄越してくれる。

また、ばあやが城のどこかで古い織機《おりき》を見つけ、じいやとドラークのふたりがかりで廃宮に据え付けてくれた。織機は、一日のほとんどを読書と糸紡《いとつむ》ぎをして過ごすソフィアにとって、夢中になれるという意味でとてもありがたいものだった。

美しい布地を織ることは貴婦人の美徳のひとつだ。

他にも、歌や竪琴《リラ》をはじめとした音楽、身のこなしを含めた礼儀作法、美しい話し方などを教養として身につけなければならない。

年頃の女の子は母親からそれらを教わるものだが、ソフィアは生まれてすぐに母である前大公妃と死に別れてしまったので、師となるのは老いたばあやだ。

夕食の前の刻限、ソフィアは、ばあやに指導されながら機《はた》を動かしていた。

「そう、とてもお上手ですよ」

ソフィアの手つきは拙《つたな》く、踏み板を動かす足も力《りき》んでいるが、背後に立つばあやは大げさなほど褒《ほ》めてくれた。

「ほんとう？　でもやっぱり、織り目ががたがたしていない？」

かたんかたんという音の合間に、ソフィアはばあやに尋ねた。

「初めはみんなこんなものですよ」

「……肌触りの悪い布になっちゃうんじゃないかしら」

そう言うと、ばあやはぽんとソフィアの肩を叩いた。

「大丈夫です。練習すればもっと早く、きれいに織れるようになります。しばらくそのまま疲れるまで続けてみてくださいまし。力が抜けて、加減がわかるようになってきますから」

そう言い置いて、ばあやは夕食の支度のために出かけていった。

入れ替わりにドラークが現れ、部屋の隅に静かに控えた。

ソフィアは思わず手を止める。織機の音が途切れた。

ドラークはできる限り目立たないよう振る舞っているのに、ソフィアはなぜだか彼の存在に気を引かれてしまうのだった。

「申し訳ありません。お邪魔でしたか」

硬い声と表情でドラークが詫びた。ソフィアはさっと目を伏せる。

「気が散るようなら、扉の前に控えていましょうか」

ソフィアは彼の前だと緊張してしまう。彼はソフィアの護衛のはずなのに、近くにいるとソフィアの胸はどきどきするばかりか、姿が見えない方がほっとするのだ。

これではいけないと思い、何か言わなくてはと言葉を探す。

だが、そのうち、遠くからいくつかの足音が近づいてくるのが聞こえてきた。

扉が叩かれ、返事をする前に開かれてしまう。

突然の来客にソフィアは目を丸くし、織機の前から立ち上がった。

姿を見せたのは、ソフィアと同じ背丈の少女。

「お姉さま、お久しぶり」

同い年の異母妹マルハレータは、スカートの裾《すそ》をつまんできれいなお辞儀をした。蜂蜜《はちみつ》のような色のふわふわの金髪、空色の瞳。紅がかった桃色のドレスをまとっている。

「また、発作《ほっさ》を起こしたのですってね。おかわいそう。代わってあげられたらいいのに」

まるで歌うような声だ。薔薇《ばら》色の頬といい、きらきらと生気溢れる表情といい、ソフィアとは正反対の印象を与える。

「マルハレータ、どうしたの？」

陰気な場所を嫌う異母妹が廃宮を訪れるのはとても珍しかった。

ソフィアの問いかけに、マルハレータはつんと得意げに顎を上向かせ、後ろを振り向く。

荷物をいくつも抱えた侍女が三人も入ってきた。布包みに、丸型や四角の色とりどりの箱など、両手の指で数え切れないほどの数だ。

臣下や貴族、隣国の使者から十一歳の誕生日の祝いに届けられたものだという。箱と布包みには、ドレスや装身具、お菓子や遊戯《ゆうぎ》の道具まで、ぎっしりと贈り物が詰まっていた。

「たくさんあるから、お姉さまにあげるわ。お母さまが分けてあげるようにおっしゃったの」

一国の主の愛娘《まなむすめ》を喜ばせるため、贅《ぜい》を尽くして方々《ほうぼう》から集められた品々なのだろう。

「気に入らないなら捨ててもいいわ。どうせいらないものだもの」

マルハレータは無邪気に言い放つ。

次々と床に荷物が積みあげられていく。ソフィアは目を瞬かせて見ているしかない。

同じ日に生まれた自分たちの間に隔たりがあることは昔から承知していた。

しかし、ソフィアの知らないところで、マルハレータはなんて華やかな生活をしているのだろう。

「ここまで来るのがいつもより大変だったわ。お父さまが護衛に見習い騎士をつけてくださったんだけど、三人ともいつも後ろにくっついてきて、うっとうしいったら」

唇を尖《とが》らせてため息をつく仕草も愛らしい。

贅沢《ぜいたく》をねたむ気持ちはソフィアにはないが、マルハレータの側にはいつも継母がいて、父に会いに行くことも許されていることは羨《うらや》ましかった。

「騎士は本当は四人来るはずだったのだけど、相応しくない者がいたからって急に外されてしまったんですって。相応しくないってどういうことなのかしらね？」

小首を傾げたマルハレータが、ソフィアの肩越しに何かを見つけて表情を消した。空色の瞳を大きく瞠《みは》り、次に思い切り眉を顰《ひそ》める。

ソフィアが視線の先に顔を向けると、部屋の隅にドラークが控えていた。

「この赤毛は？」

貴族の間では銀髪や金髪などの髪色がもてはやされ、それ以外は美の基準から外れるとされる傾向にある。しかし、赤毛に対する見方はことさら厳しかった。

赤毛は、人を殺した者が、相手の血に染められたまま生まれ変わった姿だといわれていた。前世の罪業を償いきれなかった、生まれながらに罪深い者なのだと。

ソフィアはドラークを背に庇《かば》い、マルハレータに向かって口を開く。

「この人はドラーク。わたしの騎士よ」

けれど、今はその言い伝えを鵜《う》呑《の》みにすることはできなかった。この数日間で、ドラークが悪い人ではないということだけはわかったつもりだった。

マルハレータが片眉を吊り上げた。

「正気なの？　赤毛を側に置くなんて」

ソフィアはそのきつい言葉に小さく息を呑む。

「ひどい。そんな言い方はないわ」

思わず言い返したソフィアに、マルハレータは大げさに首を振った。そして、もうドラークを視界にすら入れたくないと言うかのように、有無を言わさぬ口調で命じる。

「おまえ、お下がり」

その言葉を合図に、背後に控えた侍女たちがドラークに退出を促した。

ソフィアは振り返ってドラークを手で制す。

「ドラーク、行かないで」

しかし、ドラークは小さくため息をついただけだった。ソフィアに背を向け、マルハレータの命令に逆らうことなく、黙って控えの間に下がっていく。

彼の表情をうかがい知ることはできなかった。

今この部屋で最も力を持っているのが誰なのか、ドラークにはわかっていたのだ。ソフィアはドラークの主人なのに、彼を守ってあげることができなかった。そんなソフィアが言えたことではないが、彼が自分の制止を受け入れてくれなかったことも悲しい。

彼はソフィアの無力さを見抜いたのだ。

本当はドラークを侮辱《ぶじょく》したマルハレータに言い返してやりたかった。けれど、異母妹への大きな引け目がそれを阻《はば》む。

ソフィアは目を閉じて、小さく深呼吸した。

「……贈り物をありがとう。私からも渡すものがあるから、少し……」

ソフィアが言い終える前に、マルハレータが小さな声をあげた。

「あれは何？」

彼女は、窓の向こう、庭先で夕陽を浴びている鉢植えに気づいたらしい。

ためらうことなく庭に続く扉を開けて、靴が泥で汚れるのも厭わず西日の差し込む庭に出る。そして、他には何もない殺風景な庭の真ん中で、両腕で抱きしめるように白い花の鉢植えを持ち上げた。

「きれい！」

ソフィアには決してできない行為だった。もしもソフィアがあそこに出て行けば、左手だけでなく顔や首、腕までも焼け爛れてしまうことだろう。

「庭園はお花でいっぱいだけど、このお花は初めて。小さくて可愛いわ」

マルハレータはうっとりとした目で腕の中の花を見つめている。待雪草は、夕焼けを浴びてそよそよと風に揺れていた。

城の広大で美しい庭園を見慣れているマルハレータでも、待雪草を格別に美しいと感じているのかもしれない。

ソフィアは嫌な予感が胸に迫るのを感じた。すぐにそれは現実になった。

「お姉さま、お誕生日の贈り物に、これを頂戴《ちょうだい》」

マルハレータは父母にも家臣たちにも大切にされ、欲しいと思うものはそう口にする前に与えられることに慣れている。手に入らないことがなかったから、何かを望んだときにそれが叶わないかもしれないとは思いもしないのだ。

「マルハレータ、それはお義母さまがくださったものなの。渡すものは別にあるから、それは」

あげられない、とソフィアが続ける前に、彼女は少し意地悪く笑った。

「このお庭には全然お花がないし、お姉さまは外にお花を見に行くこともできなくってかわいそうね。でも、お母さまは私だけのお母さまよ」

ソフィアはびくっと肩を揺らした。

「じゃあ、もう行くわ」

鉢を抱えたマルハレータが室内に戻ってきた。そのまま三人の侍女を連れ、ソフィアの前を横切っていく。

扉が音を立てて閉まっても、ソフィアは足に根が生えたように動けなかった。

まぶたがじんわりと熱くなり、涙が出そうになった。

自分の気弱さが情けなかった。

マルハレータにうまく言い返せないうちにドラークを辱められ、邪魔者のように退出させてしまった。大切にしようと思っていた花の鉢も持って行かれてしまった。

鉢植えは、毎朝ドラークが庭に運び、夕方にまた部屋の中へ戻してくれている。彼に鉢植えのことをお願いするのはソフィアの密かな楽しみだった。そのときだけは、ドラークのきれいな赤毛を間近に見ることができたから。

これは、そんな後ろ暗い楽しみを見つけてしまったソフィアへの罰なのだろうか。

ソフィアは目元を両手でこすり、涙を誤魔化《ごまか》すと、ドラークが控えている部屋に向かう。

ドラークは狭く暗い控えの間で壁を背にして立っていた。眼を少し見開いて、ソフィアが入ってきたことに驚いた様子だ。

「ここはソフィアさまのお入りになるところではありません」

ソフィアは引き下がらなかった。言わなくてはいけないことがある。

「ドラーク、あのね、マルハレータのこと、ごめんなさい」

「ああいうことには慣れています。もっとひどく言われることもありますから」

ドラークが首を振ると、短い前髪が揺れた。ソフィアはやはり、この髪が前世の罪の証しだなどとは思えないのだった。

「わたしは、とてもきれいな髪だと思うわ」

ソフィアははっきりと言った。こんな強い口調で何かを話すのは初めてかもしれない。

ドラークが小さく苦笑した。

「ありがとうございます」

彼はソフィアが慰《なぐさ》めのための嘘をついていると思ったようだ。

「嘘じゃないの。ドラークこそ、嫌な気持ちなのにどうして笑うの？」

ドラークはふっと顔から表情を消した。

「初めて会ったとき、きれいで見とれてしまったの」

勇気を振り絞って、おそるおそる彼に近づく。

彼はソフィアのしようとしていることに気づいたようだ。身を引こうとしたが、ソフィアは逆に彼を壁際に追い詰めてしまう。

「いけません」

ソフィアが思い切って右腕を伸ばすと、ドラークのおでこのあたりに手が届いた。

彼の髪はさらさらとした感触だった。ソフィアの髪と少しも違わない。ソフィアはドラークの手袋を嵌めた右手を取り、自分の髪に触らせた。

「おんなじよ。ほらね」

ソフィアが微笑《ほほえ》むと、ドラークは目を丸くして口を開けた。

ふたりはしばらくそのまま見つめ合う。沈黙が小部屋を支配した。

静けさを破ったのはドラークの方だった。さっと目を逸らし、ソフィアから離れる。

「そろそろ、鉢植えを部屋に入れなければ」

彼は慌てたような早口で言い、小部屋を出ようとした。

ソフィアはそれを言葉で制する。

「もういいの」

彼は振り返って怪訝《けげん》な顔を見せた。

「どういう意味です？」

「あれは、マルハレータにあげたの。だからもう、お世話はいらないわ」

自分で口にしておきながら、その事実に再び打ちのめされ、ソフィアは悄然《しょうぜん》と頭《こうべ》を垂《た》れた。

「――ひょっとして、取り上げられたのですか」

ソフィアは虚《きょ》を衝《つ》かれたように面を上げた。どんなに言葉で取り繕っても、すべて彼にはお見通しなのだろう。

「いいのよ。もともと、マルハレータのお母さまがくださったものだったから。代わりに、たくさん贈り物を置いていってくれたわ」

「あの方のおこぼれでしょう。それでいいのですか？」

彼の言葉に小さな棘《とげ》を感じて、ソフィアはどきりとした。

ドラークはこれまで、過ぎるほどに冷静で、まるで大人のように優しかった。なのに、どうして今日はこんな意地悪を言うのだろう。

ソフィアは、決して彼に打ち明けたくなかったことを話さなくてはならないのかと思った。一応は姉であるにもかかわらず、ソフィアが絶対にマルハレータに逆らえない理由を。

「仕方がないの。だって、わたしは――」

ドラークは、何気ないふうに言い捨てた。

「大公殿下の娘ではないかもしれないからですか」

小さく息を呑む。目の前が真っ暗になるような気がした。

「……知ってたの……」

父の血筋でないのなら、ソフィアは公女ではない。守り仕える価値もない。

ソフィアは、亡くなった先の大公妃が不義密通をして産んだ子だと言われていた。母亡き今、噂の相手すら定かではないが、十一年を経た後もまことしやかに宮廷を支配している話だ。

父は、母が死んだ当日にソフィアの母の妹にあたる女性と結婚した。彼女はその日のうちにマルハレータを産み落としたのだ。

その経緯をとやかく言う人もあったというが、新しい妃は美しく聡明《そうめい》な働き者で、父にもとても大切にされたため、悪い噂はだんだんと淘汰《とうた》されていったらしい。

ソフィアの母に関する風聞《ふうぶん》だけが、より不名誉な内容である上、この世を去った人ということもあり、言いたい放題に残り続けたのだろう。

ソフィアの母のなきがらは城のそばの森に埋葬《まいそう》され、大公家の霊廟《れいびょう》に入ることを許されなかった。表向きは母が森を愛していてよく散歩していたからだという名目だったけれど、幼いソフィアにも隠された意図は薄々察せられた。

病に冒《おか》されたソフィアのことも、面白おかしく弄《もてあそ》ばれる話の種のようだ。

いわく、母の犯した不倫の罰を、娘が代わりに受けているのだとか。だから、日の光を浴びられぬ業病《ごうびょう》にかかり、母の墓に参ることもできないのだとか。

「……ごめんなさい。騙《だま》していたようなものだわ。知っていたのなら、もともとわたしになんか仕えたくなかったわよね」

こんなソフィアに慰められたところで、ドラークの気など晴れるはずがない。なんて思い上がっていたのだろう。さっきまでの自分が恥ずかしくなってしまう。ソフィアは、焦《あせ》りを誤魔化すように矢継《やつ》ぎ早に口にした。

「そうだ、ドラークがここではなくて、別の場所で働けるようにお願いしてみましょうか。聞き入れてもらえるかどうかはわからないけれど……」

「結構です」

ドラークは強く言い切った。

「でも……」

彼はソフィアから視線を動かさない。その瞳は怖いほど真剣で、薄い唇は固く引き結ばれていた。

ソフィアは彼の言わんとすることがわからず、視線を彷徨《さまよ》わせてしまう。

そのとき、ソフィアの部屋を再び誰かが訪れた気配があった。

「ソフィア！」

扉の向こうで、張りのある美しい声が響いた。

「お義母さまだわ！」

ソフィアは慌てて小部屋を出る。

部屋の中心に、背の高い華やかな雰囲気の女性が立っていた。

マルハレータと同じ色の髪を高く結い上げ、完璧に粧《よそお》った、この城で最も高貴な貴婦人、大公妃エデルミラだ。

「ソフィア、そんなところにいたの。マルハレータがお騒がせしたようね。よかれと思って寄越したのだけれど、困った子」

エデルミラは白い手を頬に当てて首を傾げた。

「あの子が、鉢植えはあなたがくれたのだと言っていたけれど……」

エデルミラがお入り、と背後に声をかけると、侍女が盆を捧げ持って入室してくる。その上にはマルハレータが持ち去った待雪草の鉢植えが載っていた。

ソフィアがぱっと瞳を輝かせたので、エデルミラには事情が伝わったようだった。

「どうやら、あの子が無理やり持ち出したようね。わたくしに免じて勘弁《かんべん》してやって頂戴。後できつく叱っておくから」

ソフィアはその慈しむような言葉に何度も深く頷いた。

彼女は美しくて優しいが、いくら継娘で姪とはいっても、ソフィアがおいそれと素直に甘えることができる相手ではなかった。なのに、そんなソフィアに温かい気遣いをしてくれる。

「さあ、どうぞ」

エデルミラは、ソフィアに直接に鉢を手渡してくれた。

　ソフィアは、エデルミラと対面するたび、彼女に母の面影《おもかげ》を探してしまう。ふたりをよく知るばあやは少しも似ていないと言うが、血の繋がった姉妹だったのだから似通《にかよ》うところがあるのかもしれないと思い、慕わしい気持ちを抑えきれないのだった。

「お義母さま、ありがとう……」

「ソフィアはいつもいい子にしているわね。今度、大公殿下にお見舞いにきてくださるようお願いしておくわ」

　彼女はそのあと、身体を大事になさいと温かな言葉をかけてくれた。そろそろ帰らねばというとき、彼女はふと、部屋の隅に控えるドラークに気づいて足を止めた。

「おまえが、大公殿下が寄越された護衛なの？」

　ドラークは丁寧な礼をとって頭を下げた。

「……そう。お励みなさい」

　エデルミラはドレスの裾を翻《ひるがえ》して去って行った。

　ソフィアは鉢植えを腕に抱えたまま義母を見送った。扉が静かに閉まったと同時に、ドラークに向き直る。

「ドラーク、お義母さまがお花を返してくださったわ」

　ソフィアが頬を上気させ、弾《はず》んだ声で言った。

「何よりです」

ドラークは微《かす》かに頬を緩め、口元をほころばせた。少年らしい表情だった。

彼は、こんなふうに笑う人なのだ。ソフィアは嬉しくなって笑みを深めた。

けれど、すぐに先ほどまでのやりとりを思い出し、気が塞いでしまう。ソフィアは、彼が別の仕事に就《つ》けるよう取りなしたほうがいいかと提案したのだった。

「あのね、ドラーク、わたしに気を遣わなくてもいいの。もう何日かここにいてくれているからわかると思うけれど、この場所には悪い人どころか普通の人も寄ってこないから護衛をする必要もないし、それに……、それに、わたしは、守る価値もない主人なの」

胸がつかえたようになるが、必死で言葉を絞り出す。

「自分でも、お城で暮らすんじゃなくて、尼僧院《にそういん》に行ったほうがいいんじゃないかと思うくらいなの。だから……」

「ソフィアさま」

ドラークが、ソフィアのたどたどしい告白を遮った。鉢植えを抱えたまま半べそで立ち尽くす主人を長椅子に座らせ、花を卓の上に戻してくれる。

彼はソフィアの足下に跪き、顔を上げてソフィアを見つめた。

ドラークは真剣な表情をしていた。今までの大人びた冷たい視線ではなく、まっすぐな眼差しで見つめてくる。

彼が真摯《しんし》に向き合おうとしてくれているのが嬉しい。同時に、その本音を受け止めるのが怖かった。去りたいと彼が望むなら、ソフィアは喜んでそうしてあげなくてはならないから。

「これを見てください」

ドラークは言いながら、両手に嵌めたぴったりとした手袋を外しはじめた。

「――あっ」

左手が露わになったとき、ソフィアは大きく息を呑んだ。

現れたのは、指から手首までを覆い尽くす火傷の痕だった。傷はソフィアのものよりよりむごく、深い。

「どうしたの……？」

「俺を産んだ女《ひと》がやりました」

ソフィアの背をぞくっと冷たいものが這う。

「ドラークのお母さまが……？　どうして」

「俺が『魔女の手』だからです」

ソフィアはその言葉を、宮廷司祭の説教の中で聞いたことがある。

この地ではもともと、たくさんの神を崇拝《すうはい》する宗教が信じられていた。神々と交信して天気を占い、生死に際して祈りを捧げる人たちもいた。人智を超えた力を持ち、病気を治すための祈禱《きとう》をしたり、逆に人を苦しめる呪いをも行ったという。

後に君主が聖教会の教えを庇護《ひご》するようになると、古い教えは邪教とみなされ忌み嫌われた。神に祈りを捧げる人々は魔女と呼ばれて迫害《はくがい》され、捕まったり追放されたりして姿を消してしまい、その存在は時の流れとともに忘れられていった。

しかし、疫病が流行ったり飢饉《ききん》が起きたりすると、民の間では魔女が現れたという噂が流れるそうだ。

魔女と呼ばれる者たちは、祭祀《さいし》にあたってもっぱら左手を用いたという。そのため、左利きが『魔女の手』と言われるようになったのだ。

「そんなの迷信だわ」

ドラークは無言でソフィアの顔を窺《うかが》ってくる。

「わたしの知っている人も左利きだけれど、魔女なんかじゃないもの」

ソフィアを幼い頃から診療してくれている薬師の老婆は左利きだった。彼女は、利き手は生まれたときに定まっており、変えることのできないものだと言っていた。

「父はそうは思いませんでした。おまけに俺が赤毛だったので、自分の子じゃない、母が密通したのだとまで言ったそうです。それで、俺は物心つく前に母とともに領地の外れの屋敷に移されました。表向きは重い病気ということにされて」

ドラークは、まるでつまらぬおとぎ話を語るかのように淡々と口にした。

「母は、俺が左手を使ってしまうと、悪魔の証しだと言ってこの手に煮えたぎる熱湯をかけました。火箸《ひばし》で焼かれたこともありました」

恐ろしい昔語りに、ソフィアは言葉もなかった。母が、血を分けた幼い我が子を悪魔と呼び、その身体を痛めつけたというのだ。

想像するだけで胸が苦しくなり、ソフィアは両手で顔を覆った。

「母は狂っていたんでしょう。俺が五つの頃、首を括《くく》って死にました」

彼はよどみなく続ける。

「父はその直後に後妻を迎え、間もなく異母弟も生まれた。異母弟を跡継《あとつ》ぎにするために、邪魔な俺は僧院に預けられました。聖職者になるという名目で」

「僧院へ……？」

それでは、ドラークはより辛い思いをしたのではないか。赤毛で左利きの幼子が、聖職者たちのただ中に放り込まれるなんて。

顔を上げると、ドラークが微笑の形に口元を緩めたのが見えた。

「今考えれば父が相当な喜捨《きしゃ》をしていたのでしょうが、修道僧たちはこんな子どもでも受け入れてくれました。読み書きに算術、乗馬も教わったし、かつて騎士だった僧兵にこっそりと剣も習いました。俺はずっと、自分は僧院を守る僧兵になるのだと思っていたんです」

そう話すドラークの目には、懐かしむ色が浮かんでいた。

母と死に別れ、父に見捨てられ、継母と異母弟とは会うことすらできなくても、彼は僧院で幸せだったのだろうか。

それなのに、どうして今、彼は宮廷に上がっているのだろう。

ソフィアの疑問に答えるように、ドラークが続けた。

「少し前、異母弟が亡くなったという知らせが届き、俺は父の城に呼び戻されました。そして、すぐさま従騎士として宮廷に出仕するよう命じられました。父の跡を継ぐのであれば教育を受けるのに俺の年齢は遅すぎるほどですから」

表向き健やかと言われた弟が死に、病気とされていたドラークが表舞台に立つことになるとは、何という皮肉なのか。

彼はためらうように息をひとつ呑み込んだ後、口を開く。

「父親の子でないと言われているのは俺も同じです。この左手も」

と言って、ドラークはむき出しの左手を差し出してみせた。

ソフィアは、初めて会った日に彼が『誰にでもひとつやふたつの傷はある』と口にしたのを思い出していた。それはソフィアを慰める方便ではなくて、彼自身のことも言っていたのだろうか。ソフィアは彼の幼い日の苦しみと悲しみを思って、目の奥が熱くなるのを感じた。

「それに、もうお気づきかもしれませんが、俺はマルハレータさまのおこぼれなんです」

ソフィアは、はっとして口元に手を当てた。

マルハレータに仕えるはずだったもうひとりの見習い騎士は、ドラークのことだったのか。ドラークはおそらく、マルハレータも知らないうちに護衛候補から外され、厄介《やっかい》払いのように廃宮に配属されることになったのだ。

「だから、あなたが俺をいらないとおっしゃるなら、俺はこの城からお暇《いとま》しなくてはいけないでしょう」

ドラークはそう言うが、マルハレータに仕えるよう辺境伯に命じられた彼が廃宮にすらいられなくなったら、どこにも行くところがなくなってしまう。喜捨と引き替えに身を寄せていたという僧院に今更戻れるはずもない。

「俺のほうこそ、あなたにお仕えできる身分ではなかったんです」

彼はまだ十四歳で、ソフィアと三つしか違わない。なのに、なんて大人びて、冷静で、諦めに満ちた目をするのだろう。

「――だめ」

思わず、短い呟きが唇をついた。

妹のおこぼれでいいのかと、そう尋ねたときの彼の気持ちがようやくわかった。

彼は、マルハレータの置いていった贈り物と自分自身を重ねていたのだ。

ソフィアも、ドラークの身の上におのれを重ね合わせていた。彼に側にいてほしいと思いはじめていた。

「ここにいて。一緒にいたいの」

ソフィアは両手を伸ばし、彼の左手を包み込む。

ドラークが大きく目を瞠る。その手は硬く強張《こわば》っていた。

ソフィアは我ながらおこがましいことを言ってしまったものだなと思う。でも、後悔はなかった。

彼は真顔になり、しばらく黙っていた。

そして、顔を伏せたかと思うと、押し殺したような声で、はい、と答えてくれた。

こうして、城の片隅に追いやられたふたりは、主従の絆《きずな》を結んだのだった。

2　夜半の誓い

ドラークはその日から、控えの間で待機していた時間をソフィアとともに過ごしてくれるようになった。

彼はソフィアが機織りをしていればさりげなく室内の目立たぬ場所から見守ってくれていたし、ばあやに竪琴《リラ》を習っている間は側で聴いていてくれた。

食事を一緒にしてほしいというお願いはさすがに辞退されてしまったが、食後のひとときを並んで座ってお喋《しゃべ》りするのは日課になった。

ソフィアはドラークに、彼が見聞きした城のことや、かつて暮らしていた僧院での出来事を話してくれるようお願いし、自身はもっぱら聞き役に回った。

その日の話題は、宰相でありソフィアの叔父でもあるネルドラン公爵のことだった。ちょうど、朝に彼から贈り物の本が届いたばかりだったからだ。

林檎はソフィアの大好きな果物で、健康にも良いと言われているので毎日食卓に上がるのだ。

ソフィアはきれいに皮を剝《む》かれた林檎《りんご》をつまみながら言った。

「じゃあ、ドラークもまだお会いしたことはないのね」


「俺が直接にお目にかかれるような方ではないので……」

公爵は、折《おり》に触れてソフィアに本を寄越してくれていた。

そのたびに手紙を書き、お礼と本の感想を伝えているのだが、返事が来たことはない。

ただ、面白いと感想を書いた本があればすぐにその続きを届けてくれたし、少し難しかったと素直にしたためれば次の機会には易しい本を選んでくれた。

「どんな方なのかしら」

いつかきっと会いたいと思っているのだが、とても忙しい人のようで、ばあやですらほとんど接触したことがないようだ。ばあやは母に仕えていた頃から奥向きにいたので、政《まつりごと》の中心にいる公爵と関わりが少ないのは当然なのかもしれない。

「もしお姿を見かけたら、すぐにソフィアさまにお教えします」

「きっとよ」

彼は深く頷いた。

ドラークと話すようになってわかったのは、ソフィアの住むこの城はとても広く入り組んでいるということだ。

彼は早朝や夜の鍛錬《たんれん》の合間にひとりで城を探索していて、抜け道や寝ぼすけな見張りのいる廊下を見つけてはソフィアに報告した。

また、城ではソフィアの想像以上にたくさんの人々が生活しているということも、彼に教えてもらった。十一年もここで暮らしていたのにちっとも城の中のことを知らなかった自分を少し恥ずかしく思ったくらいだ。

ソフィアが接したことのある奥向きの女官をはじめとした多くの使用人たち、表で政を執《と》り行う貴族や役人の他に、城を守る騎士や兵士たち。家畜も数え切れないほどいるという。

その中でもソフィアが興味を抱いたのは、人を運ぶ車体を引き、騎士たちを乗せる馬の存在だった。本の中に描かれているのをいつも見ているが、本物に触れたことはなかったからだ。

「ねえ、またグライス号のお話をして」

ドラークは宮廷に出仕する際、異母弟のものになるはずだった葦毛の馬を連れてきていた。神経質で気性が激しい牡馬《ぼば》で、ドラーク以外の人間が触ると機嫌を損ねてしまうが、勇気があって物怖じせず、素晴らしく身体が強靭《きょうじん》で足も速いという。

ドラークはグライス号の様子をつぶさに話してくれた。

ブラシをかけようとした厩番《うまやばん》をからかってふさふさの尻尾で叩いていたとか、ドラークを乗せて疲れも知らぬ様子で半日も走り続けたとか、あるいは、甘いものに目がないのだとか。

グライス号のことを語るとき、ドラークはとても誇《ほこ》らしげだった。話を聞いているだけで彼が彼の馬のことをとても愛しているのがわかる。

馬とはとても大きな生き物だという。

グライス号の背に乗り、風に吹かれて広い道を走り抜けるのはどんな感じがするのだろう。

ソフィアは、自分も馬に乗れるようになったらどれほど楽しいかと思う。

けれど、身体が弱く日光を浴びることのできないソフィアには到底叶わない夢なので、せめて、ドラークが騎乗している姿を見てみたいと思う。

彼が大切にしている駿馬《しゅんめ》に、触ることはできなくても、近くで見つめてみたい。

でも、廃宮の外に出ることなど考えられないソフィアにとってはそれも夢のまた夢なので、そっと胸の内に仕舞っておく。

城の側にある母の墓に行くことすら許されていないのだ。

馬に会いたいなんて我儘《わがまま》を口にしたら、きっとドラークもばあやも困ってしまうだろう。

お皿に盛られている林檎にふと目をやり、ソフィアははっとひらめいた。

「ねえ、ドラーク、グライス号に林檎をあげてもいい？」

馬は林檎が大好物だという。ソフィアも林檎が大好きなので、グライス号と仲良く分けるのはとてもいい思いつきだという気がした。

ソフィアは籠に盛られた真っ赤な果実を手に取り、両手で包んだ。

「ドラークから食べさせてあげて。いつも楽しいお話を聞かせてくれるお礼よ」

「ですが、ソフィアさまの食べ物をいただくなんて、ちょっと贅沢すぎやしませんか」

「いいの。会えなくっても、わたしのことを好きになってくれるかもしれないでしょ」

そのために匂いをつけておこうと、ソフィアはドレスの袖で林檎を磨《みが》いてドラークに手渡した。ソフィアの手に余るほど大きい林檎も、ドラークの手の中ではとても小さく見える。

彼はそれを見下ろして、少し目を細めた。

「とても喜ぶと思います」

ソフィアはその言葉に破顔《はがん》する。

その後、ソフィアは毎日、おやつの林檎を半分こして残りをドラークに渡すようになった。

ばあやは、ドラークとグライス号のことばかり話題にのぼらせるようになったソフィアに、「最近、ソフィアさまはご機嫌ですね。発作も出ないようになって何よりです」と嬉しそうに微笑んでいた。

一月《ひとつき》後、初夏の気配が近づいて、空が青く高く晴れた日のことだった。

週に一度の診療のため、薬師の老婆が訪れた。彼女は最近ソフィアが発作を起こしていないことを褒め、無理をせず過ごすようにと言い置いて帰って行った。

すっかり陽が落ちた後にドラークが部屋を去っていく。

その後はソフィアがひとりで夕食と夜のお祈りを済ませ、ばあやがいそいそとソフィアの寝支度を始めるのが常だ。

しかし、今日は何だか様子が違っていた。

ばあやは、寝間着の代わりにソフィアに暖かい羽織り物を差し出してきたのだ。

「どうぞ、着てくださいまし」

「大丈夫よ、寒くないわ」

「今日は特別ですよ。もうすぐ、ドラークどのがお迎えに来ますから」

「えっ……？」

問い返そうとしたとき、外から扉が叩かれた。

ばあやが入るよう返事をすると、静かに扉が開いて、燭台を掲《かか》げたドラークが現れる。

ソフィアがびっくりして声も出せないでいると、ばあやに羽織り物を着せかけられ、ずっしりとした籠を持たされた。中には、赤くつやつやと輝く林檎が詰まっている。

ばあやがにっこりと笑って、ソフィアの背を後ろから抱いた。

「ドラークどのから離れないで。決して無理はしないで、具合が悪くなったらすぐに言うんですよ」

ドラークが一歩足を踏み出し、ソフィアに近づいてくる。

ソフィアは状況がうまく呑み込めずに小首を傾げた。

「ドラーク、これをどうするの？」

そう言って林檎の籠を見下ろすと、ドラークがソフィアの手から籠を引き取った。

「散歩に出かけませんか。もう陽が落ちていますから、外に出かけてもかまわないでしょう？」

ソフィアの胸がどきどきしはじめた。廃宮の外に出かけるだなんて、ソフィアの覚えている限り初めてのことなのだ。

「出かけるって、どこに？」

「これを直接、あいつに食べさせてみたくありませんか」

ソフィアは目を見開き、あんぐりと口を開けた。ばあやをぱっと振り返る。

「いいの？」

ばあやが肩を竦めて言った。

「ドラークどのが、どうしてもソフィアさまに馬を見せて差し上げたいと言うのですもの。でも、誰にも姿を見られないように、すぐに帰ってくるのですよ」

ばあやに見送られ、ドラークに従って、ソフィアは静かに廃宮を抜け出した。

その日は新月だったけれど、空が高く澄んでいて、星が明るかった。

ドラークは城の内部の構造を熟知しており、見張りの目をかいくぐり、人目につかぬ道を選んで、ゆっくりと進んでいった。段差や階段があればソフィアの足下を気にかけ、ときには手を差し伸べてくれる。

見るものすべて初めてのものばかりのソフィアは、ときどき足を止めてしまったが、ドラークは急かすことなくじっと待ってくれた。

厩舎《きゅうしゃ》に着く頃にはソフィアの息はすっかり上がってしまっていた。いよいよ馬に会えるという期待に胸がどきどきしている。

「滑りやすいので、足下に気をつけてください。馬は神経質な生き物なので、喋るときはどうか小さな声で」

ドラークが先導《せんどう》して、厩舎の扉を開けてくれる。

重たげな扉の向こうから、嗅《か》いだことのない匂いが漂ってきた。

ドラークが道中に、この匂いは馬の体臭や干し草の香り、馬糞《ばふん》の臭いが混ざったものだと教えてくれたので、特に抵抗はない。むしろ力強さを感じられて好ましいと思えるほどだった。

暗い厩舎はいくつかの小部屋に仕切られており、その中にはひとつずつ背の高い影があった。

絵物語で見たよりもずっと大きな姿に、思わず息を呑んでしまう。

「馬って、こんなに大きいのね」

感嘆の声を漏らすソフィアに、ドラークは口元を緩めた。蝋燭《ろうそく》の灯りで照らされた彼の横顔が優しく、はっとするほど美しくて、ソフィアは見とれてしまう。

「あいつは、一番手前の馬房です」

ドラークが燭台を向けた先で、一頭の馬が柵《さく》から首を伸ばしていた。暗闇の中から大きく真っ黒な目がひたとこちらを見つめてくる。その毛はつやつやと輝き、逞しい首から背中にかけての線は深い呼吸に微かに上下している。

他の馬たちは顔をこちらに向けたり耳をぴんと立てたりとそわそわした様子なのに、その一頭だけは落ち着き払い、まるでソフィアが来るのを待っていたかのようだ。

心の奥深くまで見通すような澄んだ瞳に引き寄せられ、ソフィアは思わず歩み出していた。ドラークが危ないと言ったのも耳に入らなかった。

「はじめまして」

ソフィアはグライス号の肩の右側に近づき、高貴ささえ漂わせるその鬣《たてがみ》に触れた。見た目よりも硬く、ごわごわとしている。肌はみっしりとした短い毛に覆われており、上等な天鵞絨《びろうど》のような手触りだった。

ソフィアに撫でられ、グライス号は目を細める。ソフィアは嬉しくなって笑った。

「わたしはソフィア。いつも、ドラークからお話を聞いてるのよ」

グライス号は顔を左右に向け、鼻をひくひくさせてソフィアの手の匂いを嗅いだ。

「見て。林檎の匂いがするのかしら」

ソフィアが怖いもの知らずの言動を見せたからだろうか。ドラークはちょっと呆れたような顔をしていたが、すぐに緊張を解いて、燭台を窓辺に置き、ソフィアの背後にぴったりと立つ。

「こいつがこんなにすぐに人に馴れるなんて、信じられません」

言いながら、手袋を嵌めた手でぽんとグライス号の首を叩く。

「ソフィアさまのことがわかったのかもしれませんね」

「すごく賢いわ」

馬はドラークが手から下げた籠に鼻先を近づけ、ヒンと小さく鳴いた。

「食べたいのかしら」

ソフィアが言うと、ドラークは籠から林檎をひとつ取り出して短剣で手早く半分に割った。それをソフィアに手渡してくれる。

「どうぞ、このまま食べさせてやってください」

ソフィアが半分の林檎を右手に載せるや否や、グライス号は遠慮なく口を開け、まるごと口に入れて呑み込んだ。

ソフィアがその勢いにびっくりして固まっている間にも、名残惜《なごり》しいとばかりにてのひらに散った果汁を舌で舐《な》め取っている。

「馬の舌って、濡れて、温かいのね……」

「人間も同じでしょう？」

呆然とするソフィアを尻目に、ドラークが他の馬にも林檎を平等に分け与えてやっていた。おしまいにソフィアのもとに戻ってきて、最後の一欠けをグライス号に食べさせる。

その後は馬房に入り、手慣れた様子でブラシをかけたり飼い葉を替えたりと一通りの世話をした。

特にブラシがけは丁寧だ。

ドラークは、愛馬の鬣と尻尾の毛で剣の房飾りを編むため、ブラシがけで取れた毛を集めている。馬の毛で作った品は、身につけると願いが叶うとか、幸福を呼び戻すといわれる縁起物《えんぎもの》らしい。

機織りよりも時間のかかる作業だとソフィアが言ったら、彼は正騎士に叙任《じょにん》されたときに剣に付けるための房飾りだから、地道に集めるのだと笑っていた。

グライス号はその間、くつろいだ様子で黙ったままだ。

仲睦《なかむつ》まじいひとりと一頭を見つめながら、ソフィアは胸が温かくなるのを感じた。ドラークとグライス号がとても信頼し合っているのがわかったからだ。

何よりもドラークが、グライス号に会いたいというソフィアの口にできなかった望みを汲《く》み取り、少しばかりではあるが無茶をしてまで叶えてくれたことが本当に嬉しかった。

なのに、温もる心に一片の氷が落ちたような痛みを覚える。

ドラークは見習いではあるが騎士で、馬は最も大切な相棒だ。

正騎士に叙任されれば、彼は剣にグライス号の毛の房飾りを付け、その背に跨《また》がって、戦や任務のために遠くの町に出かけるのだろう。

グライス号もまた、彼を乗せ、役に立つことに喜びを感じている。

ふたりはこの城からの遠出を繰り返し、また帰ってくる。当然のことだ。

でも、いつになるかはわからないけれど、ふたりが永遠の出立をする日がきっと来る。

ドラークは父の後を継いで辺境伯になるからだ。

自分は、そんな彼らの背中を喜んで見送らなくてはいけない。長く生きられそうもないソフィアだから、そのときにはもうこの世の人ではなくなっているかもしれない。

どちらにせよ、共に行くことはできない。

馬の世話を終えたドラークに促され、ソフィアは最後にグライス号に声をかけ、厩舎を出た。燭台を掲げ、空になった籠を下げたドラークに先導されながら、ゆっくりと来た道を引き返す。

ソフィアはドラークにお礼を言わなくてはと思いながら、厩舎で感じた切ない気持ちを抱えたまま、言葉を紡げないでいた。

「ソフィアさま。帰ったら、ばあやどのに叱られてしまうかもしれませんが、少し寄り道をしてもいいですか」

ソフィアはその言葉に顔を上げる。

ふたりは見たことのない場所にいた。

ドラークが照らす先に、白く塗られた鉄の門と硝子《ガラス》張りの小さな建物がある。

ソフィアは俯き加減に歩いていたので、彼が来た道とは違う角を曲がったことに気づかなかったのだ。

「ここはどこ？」

「庭園の端の温室です。中で、今しか見られない花が咲いているんです」

ドラークが鉄の門をゆっくりと押し開き、ソフィアに左手を差し伸べた。

ソフィアは右手を伸ばし、彼のてのひらに指先を預ける。手袋越しの温もりが少しもどかしい。

ソフィアは彼に導かれ、水路をまたぐ小橋を渡って建物の中に入った。

室内は外よりも幾分か暖かい。ドラークの燭台の他に照明はないが、天井が硝子でできているので、明るい空を望むことができた。

見渡す限り、初めて見る植物でいっぱいだった。いろいろな形の花々が鈴なりに咲き乱れ、蔦が壁を這う。ソフィアの顔ほどもありそうな大きな葉を繁らせた鉢、たわわに果実をぶら下げた木もある。一歩進むたびに、違う花の芳香が鼻をくすぐる。

ドラークの行く先に、柵で囲まれた大きな池が見えた。水は外の水路から引き込まれているのだろう。涼しげな水音が聞こえてくる。

ドラークは、ソフィアを池の中央に架けられた橋の上まで連れてきた。

「あの、白い花を見てください」

池の表面には円《まる》い葉がいくつも浮かんでいる。

その葉に周囲を守られ、純白の花がいくつも天に向かって開いていた。金色の雌蕊《めしべ》と雄蕊《おしべ》は、そこだけが一筋の陽光を受けているかのような神々しさを感じさせる。

「きれい」

ソフィアは柵に手をかけ、思わずそう呟いていた。

「水の中から咲いているのね。なんていうお花？」

「睡蓮《すいれん》といいます。遠い南国の花です」

ソフィアは口の中でその名を繰り返した。なんて素敵な名前だろう。

「花は夜に開いて、朝には閉じてしまいます」

「人に見られないように咲くのね。それに」

ソフィアは柵越しに池の中に手を伸ばしてみる。

「水の中に咲いているから、こうして眺めることしかできないのね。どんな香りがするのかしら」

「誰にも触れない花ですから、誰も香りを知らないかもしれませんね」

「今の季節にしか咲かないの？」

「南国の花ですから、寒くなると花は枯れてしまうそうです」

ソフィアは小さく頷く。義母から贈られた待雪草も、季節が終わると花を落としてしまった。自然の理《ことわり》ではあるが、一抹《いちまつ》の寂しさを覚えてしまう。

池の中の花に見とれていたソフィアは、ふいに頬に視線を感じた。

ドラークがこちらに視線を注《そそ》いでいる。

「どうしたの？」

彼が僅《わず》かに唇を開き、低い声で言った。

「――また」

小首を傾げるソフィアに、今度ははっきりと告げた。

「また来年も見に来ましょう。その次の年も、その次も」

真摯な眼差しに、ソフィアは胸がどきりとするのを感じた。厩舎で、いつか来る別れを今のうちから寂しがっていたのを見抜かれたのかと思ったのだ。

ドラークの言葉はうっとりするような甘さに満ちていた。思わず頷きそうになり、はっとして目を伏せる。

ソフィアを喜ばせることを言ってくれる人はたくさんいる。

ばあやや薬師の老婆は、よい子にしていればきっと病気は治ると励ましてくれるし、義母は父に見舞いに来てもらうようお願いすると言ってくれた。父が何年か前、希な訪れの帰り際に、マルハレータと揃いのドレスを作ってやると言い残していったこともあった。

「……本当に……、本当にまた一緒に来てくれる？」

おそるおそるソフィアは尋ねた。

ソフィアは大人たちに約束してもらうたびに嬉しくて、けれど、その言葉が叶う日の遠さに心が折れそうになってしまう。

そのうち、ソフィアの弱い心は、皆があまり長くは生きられそうもない自分のために、その場しのぎの優しい嘘をついているだけなのではないか、と暗い考えを抱くようになっていた。

ドラークが小さく息を詰めたのがわかる。

ソフィアは、初めて会ったときのように、自分が彼に不愉快な思いをさせてしまったと思った。

けれど、ドラークは深く頷いてくれたのだ。

「必ず」

彼が腰に下げた剣の柄に左手をかける。

そして、ゆっくりと腰を屈めたかと思うと、膝が汚れるのも厭わずにその場に跪いた。

「この剣にかけて誓います」

ソフィアはびっくりして目を丸くし、慌てて両手でドラークを止めた。

「そんなに簡単に誓っちゃだめよ。ドラークにはもっと――」

重く大事な務めを任される日が来るかもしれない。

そう言おうとしたが、語気強く彼に遮られる。

「軽はずみな気持ちではありません。俺は、一人前の騎士になって、あなたを害する者から守り、お願いを全部叶え、嘘は決してつかず、約束を違えないことを誓います」

その翡翠色の瞳が鋭く、深い光を湛えている。

ソフィアは小さく息を呑んだ。

ドラークが腕を伸ばしてきて、ソフィアの手を取る。

手袋を嵌めたふたりの左手同士が重なった。

この手袋の下に、同じ火傷の痕が隠されている。

悲しい痛みを伴う傷だけれど、彼と分かち合えるのなら、目を背けずに済む気がした。

それどころか、心が強くなるような不思議な心地を覚えるのだった。

自分は今、廃宮に住まわせてもらっている亡霊のような存在でしかない。

長《ちょう》じても公女の務めを果たせる保証はなく、忠誠を誓ってくれる彼にお返しする術《すべ》も持たない。そんなソフィアだけれど、せめてドラークに恥ずかしくない主人になりたいと、そう思った。

「――ありがとう」

ソフィアは右手をその手に重ね、ドラークのてのひらを包み込んだ。

すると、ドラークが表情を緩めた。今までで一番優しい、穏やかな表情だった。

「ソフィアさまはたくさん我儘を言ってください。俺はまだ従騎士に過ぎないので、今すぐ全部のお願いを叶えるわけにはいかないかもしれませんが……」

ソフィアがはにかんで遠慮がちに頷くと、ぎゅっと左手を握られた。彼がソフィアの初めてのおねだりを催促しているのだとわかる。

「じゃあ……じゃあね、いつか、ずっと先でいいの」

ソフィアはどきどきしながら、厩舎で芽生えた、小さく壮大な自分の夢を口にした。

「ドラークと一緒にグライス号に乗って、お城の外に出かけてみたい」

彼はソフィアの手を取る左手に力を込めて、深く頷いてくれたのだった。


それからの一年間は、ソフィアにとってまるで夢のように幸せな日々だった。

ドラークはまるで影のように常にソフィアの傍らにあった。

夏の暑い日、寝込んでしまったソフィアに、彼はいつまでも扇で風を送ってくれた。秋の夜長にはネルドラン公爵から届けられた本を一緒に読んだ。彼はかつて暮らした僧院で文学や歴史に関する広い知識を身につけていたが、それをひけらかすこともなく、ソフィアに自然に教えてくれた。寒い冬には、ソフィアとばあやが暖炉の前で編み物をしているのをそっと見守ってくれていた。

時には、あの晩のようにこっそりと闇に乗じてソフィアを廃宮の外に連れ出し、グライス号に会わせてくれた。さすがに城の外に出ることはできず、母の墓に花を供《そな》えるという願いは叶わなかったが、ドラークにその願いを打ち明けることができた。

ソフィアの発作の回数は以前に比べて少なくなったし、心なしか顔色も良くなり、少しだけ背が伸びた。

機織りの腕は、練習の成果が現れて、ばあやが舌を巻くほどになった。一年足らずで織った二巻きの亜麻布はエデルミラに頼んで寺院に奉納してもらった。布は孤児院や施療院で使われるそうなので、ソフィアはこの国の民のためにささやかでも何かできることが嬉しかった。

ドラークも、従騎士のお仕着せを一式作り替えなければならないほど手足が伸びていた。ばあやによると、彼は決して自慢することはないが、同年代の従騎士の中でも剣の腕も乗馬の術も抜きん出て優れていて、正騎士たちにも一目置かれているらしい。

ソフィアは、あと数年で彼が正騎士に叙任されるのが楽しみでならなかった。

その間、マルハレータが月に一度ほどの頻度《ひんど》で廃宮を訪れた。ドラークはその気配を巧《たく》みに察知して部屋から姿を消し、彼女が去るといつの間にか戻ってきた。

ソフィアは、ずっとこんな時間が続いたらよいのにと思っていたくらいだった。

ドラークが廃宮にやってきてちょうど一年が経とうという春の日。

エデルミラから贈られた待雪草の白い蕾が膨《ふく》らみはじめ、いよいよ花開こうとしていた朝のことだった。

ドラークがやって来るはずの刻限に、先触れもなく、思わぬ訪問者が姿を見せた。

父である大公が、薬師の老婆とともにやって来たのだった。ソフィアは思わず掛けていた長椅子から立ち上がっていた。

大公は、齢《よわい》は四十過ぎ、中肉中背で栗毛と榛色《はしばみ》の目の持ち主だった。ソフィアには極めて淡々と接し、温かい言葉もないが、逆に叱りつけたりといった厳しい態度も向けない。廃宮に足を運ぶのも希なことだ。

「久しいな」

頭の上から降ってくる短い問いかけに、ソフィアは縮こまってやっと声を絞り出す。

「……はい」

ソフィアは対面するたび、父とまっすぐ視線を合わせられないのだった。彼の自分とは似ても似つかぬ容姿を見て、血の繋がりなどないことを認めるのが怖かった。

「体調がよいというから、大事な話をしにきた。――おまえは下がりなさい」

ばあやが命じられ、心配そうに控えの間に戻っていく。

父は長椅子に腰掛け、向かいの椅子に座るようソフィアに目で示した。薬師の老婆は父の背後に控える。

ソフィアがおずおずと席に着くやいなや、父は短く切り出した。

「あの赤毛の従騎士を、おまえの護衛から外すことにした」

ソフィアは思わず顔を上げていた。

ドラークは以前、廃宮にいられなくなったら城を出て行くしかないと言っていた。

ひょっとして、ソフィアを廃宮の外に連れ出していたことが知られてしまったのだろうか。

「ドラークは、とてもよくしてくれています。もし、悪いことをしたのなら――」

　それはわたしのためにしたことです。そう言おうとしたが遮られた。

「城から追い出すのではない。騎士たちが口々に言っているが、あれは同年代の従騎士の中でも格が違うそうだ」

　ドラークが褒められるのは嬉しかった。けれど、嫌な予感に胸がざわつく。

「じゃあ、どうして……？」

「マルハレータ付きにすることにした。もともとはそのつもりで集めた貴族の子息たちのうちのひとりだった」

　ソフィアは胸の鼓動が止まってしまうかと思った。次に、さっと全身から血の気が引いていくのを自覚する。父の言葉が伺いではなく決定を意味していたからだ。

「マルハレータは、ドラークを嫌っていたんじゃ……」

「髪の色以外は気に入っているそうだ。もう問題ない。これが特別に良い薬を煎《せん》じてくれた」

「薬……？」

　呆然とするソフィアを尻目に、父は薬師に向かって顎をしゃくる。

　老婆は、懐《ふところ》から手の中に収まるほどの硝子の小壜《こびん》を取り出した。中に封じ込められている金色の液体は透明に澄んでいるのに、なんだかまがまがしいもののように見える。

老婆が口を開いた。

「――どんな色の髪も、これを塗って一時置けば、色味が抜けて金になります。染め粉と違って、水に流れて元の髪色に戻ることはありません」

「あれは初め、黒い染め粉で赤毛を染めさせられていた。すぐに姿を偽っていることが知れたから、マルハレータの護衛候補から外したのだ」

それはソフィアが初めて知る事実だった。

おそらくは父親にされたことだろうが、髪を染めさせられたことはとても屈辱的なことで、それを暴かれたのもいっそう辛かったはずだ。その事実を伏せていた彼の誇り高い心を思って、ソフィアは胸を締め付けられた。

「元通りになるだけだ。わかるだろう」

父の絶対的な命令であっても、ソフィアはそのまま聞き入れたくはなかった。

「でも……」

彼は、ソフィアが生まれて初めてずっと一緒にいたいと思った人だ。日の差さない廃宮で死ぬのを待つように生きていたソフィアに手を差し伸べてくれた人だった。同じ悲しみと喜びを知っている人だった。

「ドラークはとてもよくしてくれました。わたし、来年も、その先も、ずっと一緒にいると約束したの……」

「手放したくないと言うのか？」

ソフィアはその問いかけに小さく息を呑んだ。

これまでソフィアは、一度たりとも父の言葉に逆らったことはなかった。けれど、ここでマルハレータに彼を譲ってもいいと自分の気持ちを偽ってしまったら、ドラークと顔を合わせる資格を永遠に喪《うしな》うと思った。

ソフィアは、凍り付いた扉の取っ手を押し開くように、ぎこちなく深く頷いた。

「わたしは、ドラークに相応しい主人になりたいです」

静かな目が見下ろしてくる。ドラークとは違う、光の見えない瞳だった。

父は感情の籠もらない声で言い捨てた。

「賢《さか》しらなところが、あれによく似てきたな」

その言葉に、ソフィアは全身を強張らせた。

父は、ソフィアの母のことを言っているのだろうか。忌々《いまいま》しげな物言いに背筋が寒くなるようだ。

「仕方がない。あの従騎士に、おまえを夜な夜な外に連れ出したことの罰を与えなければ」

父はため息をついた。ソフィアは戦慄《せんりつ》に言葉もない。

「マルハレータが、おまえたちが出かけてゆくのを見たことがあるそうだ」

見られていたなんて気がつかなかった。彼との夜の散歩はあまりに楽しくて、ソフィアには周りが見えていなかったのだ。

「違うんです。ドラークはわたしのためにしてくれただけで――」

「守るべき主をたびたび部屋から連れ出すなどとは、護衛としてけしからんことだ。おまえのばあやも、黙認《もくにん》していたのなら同罪だ」

ソフィアは両手で口元を覆った。

自分のために彼に護衛の本分を忘れた行動を取らせてしまった。ばあやにも迷惑をかけてしまう。自分よりも大切なふたりが自分のために罰を受けるかもしれないという想像はひどく胸を苦しくさせた。

「辺境伯は今も息子がマルハレータに仕えることを望んでいるし、あれ自身に才があればマルハレータの側で立身出世の機会も巡ってくるだろう。マルハレータに仕えるよう諭《さと》してやりなさい。それがおまえの主人としての最後の務《つと》めだ」

主人としての最後の務め。

ソフィアはその言葉に、視線を上げることができないままだった。

「今日から、あの従騎士と会うことを禁じる。おまえは姉なのだから妹のために聞き分けなさい」

幼い子に言い聞かせるようにそう告げ、父はソフィアの返事を待たずに帰って行った。

部屋には老婆とソフィアが残された。

ソフィアは人形のように椅子に腰掛けたまましばらく動けなかった。指先に力が入らず、立ち上がることもできない。喉が渇《かわ》いて声も出せなかった。

向かいに立っていた薬師の老婆が無言で頭を下げ、出て行こうとする。

黒ずくめの後ろ姿に、ソフィアは思わず振り絞るように声をかけた。

「その薬――」

掠《かす》れた呼びかけに老婆が足を止め、ゆっくりと振り返る。

「その薬は、身体に毒にはならないの？」

ドラークは薬を喜ぶだろうか。幼い頃に髪を金に染める薬があったなら、ドラークの父はそれを使って、母も狂わずに済み、彼は辺境伯の息子としてまっとうに育てられていたのだろうか。もしもそうだとしたら、ドラークはソフィアと出会うことすらなかっただろう。

「……毒にはなりませぬ」

老婆の短い返答に、ソフィアはまぶたを閉じた。よかったと思ったのだ。

なのに、胸が苦しかった。まぶたの裏が白く染まり、自分の身体が傾くのがわかった。

（倒れる――）

そう思ったソフィアは、何かに支えられた弾みで目を見開いた。歩み寄ってきた老婆が左腕でソフィアの身体を抱えていた。

「お気を確かに」

老婆は、ゆっくりとソフィアの身体を椅子の背もたれに預けさせる。左手でソフィアの手を取り、ぎゅっと握ってくれる。

「寝台にお連れしましょうか」

「いいえ、大丈夫。ありがとう」

彼女の左利きと優しい仕草がドラークと重なって見えた。

ソフィアは、物心ついてから常に顔を合わせてきた彼女に初めて親しみを覚えていた。

「ねえ……、おばあさんは、火傷を治す薬を作ることはできる？」

唐突なソフィアの問いかけに、老婆は少し黙り込み、重い口を開いた。

「ご自分の火傷を消してしまわれたいのですか？」

ソフィアは小さくかぶりを振り、老婆に握られたままの自分の左手を見下ろす。

自分の傷を消してしまいたいとは思わない。廃宮の中に閉じこもって暮らしているソフィアは誰かに会ってこの手を見られることなどないだろうから、貴重な薬を使って治療をする必要もない。何より、ドラークが大切なもののように触れてくれた場所だから、たとえ醜《みにく》く焼け爛れていてもかまわないと思える。

「違うの。別の人の火傷を治せたらいいのにって思ったの。赤毛を染めるおまじないみたいな薬があるのなら、火傷をきれいに消してしまう薬もあるのかしらって」

ドラークはこれからソフィアとは違う世界を生きていく。この廃宮の外で、たくさんの人の中で暮らしていかなくてはならないのだ。もしもあの傷痕を跡形もなく癒やせる薬があるのなら、ドラークは髪の色も、忌まわしい火傷の痕もなかったことにして、晴れやかな気持ちでマルハレータのもとにゆけるだろうに。

寂しいなどという気持ちは、彼を自分と同じ日の当たらぬ場所に置いておきたいというソフィアの身勝手にすぎない。

老婆は小首を傾げ、長い沈黙の後にぽつりと言った。

「もしあったとしても、私は大公殿下以外の方のご命令で薬を作ることはできませんけれども……、けれども、調べておきましょう」

その言葉がたとえ嬉しがらせるだけのものだったとしてもかまわなかった。

老婆の優しさが身に染みた。

「ありがとう」

椅子に上半身をもたれかけさせ、ソフィアは目を閉じた。

老婆が部屋を退出すると、入れ替わりにばあやが戻ってくる。

父から既に話を聞かされていたのか、目を真っ赤にしていた。ソフィアの掛けた椅子の後ろに回り、背もたれに手を預ける。

しばらく言葉もなく寄り添い合っていると、扉の向こうから足音が近づいてきた。いつもより乱れて慌ただしい、しかし力強い足音。

毎日耳にしていたから、誰のものか聞き間違えることはない。

ソフィアは萎《な》えた手足を叱咤《しった》して扉に近づき、震える手で錠を下ろした。ほぼ同時に、強く扉が叩かれる。

「ソフィアさま、入れてください！」

案の定、ドラークの声だった。

既に誰かから父の命令を聞かされた後なのだろう。ここに来ることを禁じられているはずなのに、会いに来てくれたことが嬉しかった。けれど、このままでは彼が罰せられてしまうかもしれない。

「ドラーク……」

呼び声が届いたようで、すぐに応えがあった。

「ソフィアさま、ここを開けてください！　大公殿下のご命令ですが、俺はあなた以外の方に仕えるなんて――」

針《はり》を呑んだように喉が苦しい。けれど、言わなくてはならなかった。

「もう、あなたとは会えないの」

扉の向こうで彼が押し黙る。ソフィアは一息に続けた。

「マルハレータの護衛になって、守ってあげて」

ソフィアは、隔てられた場所にいる人の輪郭《りんかく》をなぞるように扉に触れた。

本当は、こんなことを言いたくはない。彼を手放したくなどなかった。

「マルハレータは初めて会ったときはあなたにひどいことを言ったけど、今は側にいてほしいと思っているんですって。だから、許してあげて」

ソフィアの胸には、妹を憎らしく思う気持ちが芽生えていた。かつては赤毛を側に置くなど正気ではないと言っていたくせに、今は薬で姿を変えさせてまでドラークを手に入れるという我儘を許されている。

そして、マルハレータのもとに行けなどと心にもないことを口にする自分にも、言いようのない苛立ちを覚えた。

「ここにいるより名誉のある仕事ができるわ。出世の機会もあるし、あなたのお父さまもきっと喜んで……」

「誓ったのに」

それは、短いがはっきりとした呟きだった。ソフィアはびくりと肩を揺らす。

「俺はあなたに嘘をつかないと誓ったのに、ソフィアさまのほうが嘘をつくのですか。あなたを守ると言ったのに、信じてもくれないんですか」

ドラークの言葉は静かだった。抑えきれない怒りとやるせなさが滲んだ声だった。

「――ちがう！」

ソフィアは胸を衝かれ、思わず叫ぶ。

守ると言ってくれたドラークのことを信じている。来年もその先も、一緒にいようと言ってくれたのがどれほど嬉しかったことか。

この扉を開けて、彼の顔を見て、手を取ってきちんと伝えたいのに。

ここから出て行きたい。そして、どこか知らないところへ連れて行ってほしいとお願いできたなら。

けれど、ソフィアは扉の鍵に手をかけることすらできない。

日光を浴びられないソフィアは、日中に外に出ることすらできない。もしも出られたとしても、薬師の治療を受けなくては生きながらえることはできない。もしも病気でなかったとしても、自分のような何の役にも立たない娘が側にいたって、彼の足手まといになってしまうだけだ。

二重にも三重にも連なる枷がソフィアを縛る。そしてそれは、ドラークも同じはずだ。

「もう、一緒にいられないの……」

長い沈黙の後にやっと絞り出せたのは、ぐずぐずとした泣き声でしかなかった。

ソフィアはもう、彼に相応しい主人になりたいとは思わない。それより、地位もしがら

みもない普通の健康な娘になりたい。

ソフィアは泣き濡れた顔を両手で覆った。みっともない嗚咽《おえつ》を噛み殺し、彼が早く去ってくれることを望みながらも、胸の奥底では行かないでほしいと思う。

「……わかりました」

扉の向こうから、押し殺された声が届いた。ソフィアは安堵に胸をなで下ろすと同時に、冷たい悲しみがひたひたと心に近づいてくるのを感じた。

「今だけは命令を聞きます。でも」

ドラークは強い口調で言い切った。

「いつか必ずソフィアさまのもとに戻ってみせる。そのときはもう二度と離れません」

ソフィアは顔を上げた。そんなはずはないのに、扉の向こうでこちらを見つめてくる彼と視線が合ったような気がした。

「もう行きます」

長靴《ちょうか》が床を蹴《け》る音がした。重い足音が遠ざかってゆく。

ソフィアは思わず扉の取っ手に手をかけてしまう。左手をその手に重ね、きつく押さえた。

やがて足音は聞こえなくなった。

なのに、ソフィアは扉の前から動くことができなかった。

ソフィアとマルハレータの十一の誕生日、ドラークは正式にマルハレータの護衛のひとりに加えられることになる。

その後、彼がソフィアの前に姿を見せることはなかった。

ただ、廃宮の入り口に、送り主の名のない花束が毎朝欠かさず届けられるようになっただけだった。

3　付け袖と房飾り

それから五年半の月日が流れ、季節は秋。

ソフィアは十七歳になっていた。

ドラークと離れてからのソフィアは、ひたすらに静かに、まるで息を潜めるかのように廃宮で暮らしていた。

日中の時間は糸紡ぎと機織りに費やし、夜には届けられる本を読んでネルドラン公爵に返事の来ない手紙を書く。

誰に見せるでもないが髪を結い上げるようになったし、貴婦人らしいドレスを自分で仕立てることもあった。左手に嵌めるための絹の手袋も自分で縫うようになっていた。

他に変化があったとすれば、もうひとつだけ。

薬師の教えのもと、ソフィアは庭で薬草を育てるようになった。

老婆は父の命令でなければ薬を作ることはできないが、ソフィアに作り方を教えることは問題ないらしい。彼女は古い書物で皮膚薬の調合法を突き止め、その材料となる希少な植物の種を廃宮に持ち込んだ。

ソフィアは何度か失敗を繰り返しながらもその種から株を増やし、薬草は今や花の一本も咲いていなかった庭の一角に生い茂るまでになった。寒くなる前に刈り取れば、ようやく薬を作れる量になる。

ソフィアは彼女に、どうして自分にそんなによくしてくれるのかと聞いてみたことがある。彼女は、「自分にも妹がいたので、姉であるソフィアさまの気持ちがわかるような気がする」と淡々と話してくれた。

ばあやはそんなソフィアに少し呆れた様子を見せながらも、静かに見守ってくれた。

ソフィアはその日も、日の暮れた後に庭に出た。城ではここ数日、大公の在位二十年を祝ってさまざまな催《もよお》しが開かれているというが、その詳細はソフィアには聞こえてこないし、ましてや参加することもない。

ソフィアは手が土で汚れるのも厭わず、老婆に教えられたとおりに雑草を摘み、肥料を施す。植物を育てるのは、少しだけ馬の世話に似ていると思う。

「――さま。ソフィアさま！」

室内からばあやが声をかけてきた。

無心に手を動かしていたので何度か呼ばれるまで気づかなかったのだ。

「なあに？」

顔を上げたソフィアの視線の先、ばあやの後ろに、喜ばしくない客人がいた。

マルハレータだ。

ソフィアは土まみれの手をそのままにのろのろと立ち上がる。

「お姉さま、お久しぶり。また土仕事をなさってたの？」

ドラークの新たな主人となった異母妹は、ソフィアと同じ十七歳。

金髪と空色の瞳はそのままに、華やかなドレスと宝石が似合うようになり、エデルミラと瓜《うり》二つに見える。彼女は半年に一度か二度、思い出したようにソフィアのもとを訪れていた。

今日のマルハレータは、鮮やかな黄緑色のドレスに身を包み、いくつもの宝石を肌に飾って女王然として立っていた。特に、レースをふんだんに使った金色の付袖が美しい。

何か華やかな場に出席して、その帰りにこちらに寄ったとでもいうような格好だ。

「どうしたの……？　夜にここに来るなんて、珍しいのね」

ソフィアが静かに尋ねると、マルハレータは紅潮《こうちょう》した頬を緩めて微笑んだ。

「今日は特別なことがあったから、お姉さまにお話ししてあげなくちゃと思って」

勿体ぶって扇を揺らめかせる仕草は、艶めかしささえ感じさせる。

「お昼の礼拝で、ドフークたちが正式に騎士に叙任されたの」

ソフィアは小さく目を瞠った。

経験を認められた従騎士は、特別な礼拝において主人から騎士剣と盾を与えられ、正騎士の位を授かる。従騎士となって六年を過ぎたドラークが叙任式を受けるのは当然といえた。

「そう……、そうだったの」

彼の動向を聞くのは、久しぶりというわけではなかった。たまに訪れるマルハレータが、ソフィアが尋ねもしないのにいろいろと言い置いてゆくからだ。

動揺したのは、彼が正騎士になる日すら知らなかったのが悔《くや》まれてのことだ。

「お父さまは特別に、他の人とは違う剣と盾をドラークのために作らせていたの。とてもよく似合ってたわ」

ドラークは骨身も惜しまぬ鍛錬と無私《むし》の働きを騎士団長に見いだされて、団長付きの小姓になっていた。団長が行く先にはどんな危険な任地であっても必ず随従《ずいじゅう》し、めきめきと頭角《とうかく》を現して、今では将来最も勇猛果敢《ゆうもうかかん》な騎士になると誰もに期待されているという。

父が他の従騎士たちと待遇《たいぐう》を変えたのも当然かもしれない。

「祭壇の前に跪いて、お父さまから剣を肩に受ける様子が神々しいくらいだったの。お姉さまにも見せてあげたかったわ」

従騎士の軽装から重い鋼の鎧《よろい》に召し替えたドラークは、きっと立派だったのだろう。今も、あのきれいな赤毛を薬で変えているのだろうか。背は伸びただろうか。一見冷たく見える、けれど優しい眼差しは変わっていないだろうか。

彼が、マルハレータ付きになったその日から今日にいたるまで、どんな任務につき、どこへ従軍したか。そして、マルハレータにどんなふうに仕え、そのお願いを残らず叶えていったか。ソフィアはひとつも漏らさず覚えている。

マルハレータは、使用人や護衛の従騎士たちに、無茶とも言えるようなおねだりや、騎士に命じるのが相応しいとも思えない我儘を数え切れないほどぶつけていた。

遠方の山に湧《わ》くという泉の水を汲んでこいとか、市井で流行っている菓子を買いしめてこいだとか。

愛想笑いでその場しのぎの対応をしたり、到底付き合いきれないと務めを投げ出す者たちもいる中、ドラークだけがどんなお願いも真摯に受け止め、なんとかして実行していったという。

楽しげに、そして誇らしげにドラークのことを語るマルハレータを前にして、ソフィアはどんな顔をすればいいのかわからなかった。

黙って話を聞いているだけのソフィアに何を思ったのか、マルハレータはずいっと身を乗り出してくる。

「今夜はこのあと、お披露目《ひろめ》の騎馬試合が開かれるの。ドラークは最初の一騎打ちに出場するのよ」

騎馬試合という言葉にソフィアは強く反応した。ソフィアも絵物語で概要だけは知っている。

ドラークはグライス号とともに晴れ舞台に臨《のぞ》むのだろう。

騎馬試合は遊戯の一種とはいえ、もともとは戦闘を模《も》した軍事訓練でもある。

ドラークは怪我をしないだろうか。グライス号は倒れたりしないだろうか。

ふたりの勇姿を目にしたい、見守りたいという思いが胸を衝いて、ソフィアはぎゅっと唇を噛みしめた。

「お姉さまも見たい？」

何気《なにげ》ないふうに問いかけてくるマルハレータに、ソフィアは硬い声で答える。

「……駄目よ、そんなこと」

ソフィアは、父に許された際にしか廃宮を出ることを認められていなかった。もしも無断で出かけてしまったら、今度こそばあやが罰せられてしまう。

「わたしはもう、ドラークとは何の関係もないんだから……」

彼と別れてしまった日から、ソフィアは自分の気持ちに嘘ばかりつくようになってしまった。会いたいのに会いたくないと自分に言い聞かせ、気持ちは彼を追いかけているのに、もう何の関係もないと口にする。

でも、これが大人になるということなのかもしれない。

「良いじゃない。もう日も沈んでいるんだし、私からお父さまとお母さまに話してあげる」

マルハレータは童女のような無邪気な口調で続けた。

「だって、私のドラークが活躍するところを、お姉さまにも見せてあげたいもの」

ソフィアは小さく息を呑んだ。

それでも、その誘いを拒む勇気がソフィアにはない。

突きつけられた現実に肩を落としながら、誘惑に負けた心の弱さを恥ずかしく思った。


マルハレータは迎えを寄越すと言って去って行った。

ソフィアは手持ちの中で最も出来の良い、しかし控えめなドレスに着替えて待っていた。

けれども、待てども待てども誰の訪れもない。

約束を忘れられてしまったのだろうか。いろんな人に会い、たくさんのことを話す立場にある忙しいマルハレータだから、それは仕方ない。

そう諦めようとするが、いても立ってもいられない。

このままでは、一番初めに出番を迎えるドラークの姿を見逃してしまうかもしれない。

「ばあや、わたし、行ってくるわ」

ばあやは供をすると言ってくれたが、頑《かたく》なに断った。もしもマルハレータに会えず、誰かに無断で外出したことを気づかれたとしても、ひとりきりであればばあやに迷惑をかけずに済むかもしれないと思ったのだ。

ソフィアはフード付きの外套をかぶり、燭台を片手にたったひとりで部屋を出た。

最初に行き会った使用人に頼めば、きっとマルハレータのもとに連れて行ってもらえるはずだ。無謀は承知だが、もはやどうにも衝動《しょうどう》が抑えきれなかった。

ひとりで廃宮を出るのは初めてのことだった。ソフィアは遠い記憶を辿《たど》り、城の中枢《ちゅうすう》へ続く道を探りながら進む。

けれども、しばらく歩いても人の姿が見当たらない。見張りの兵や使用人たちも、総出で華やかな騎馬試合の見物に行っているのだろう。

ソフィアは暗い廊下をひとりで歩きながら、だんだんと心細くなってきた。どこかから音楽や人の歓声が流れてくるが、あまりに遠いので、かえってその距離に怖じ気づいてしまう。

このまま、部屋に引き返そうか。

でも、これを逃したら、二度とドラークの姿を見る機会は巡ってこないかもしれない。

ソフィアは悶々と思案しながら鈍《のろ》い歩みを進めていた。

「――待ちなさい」

突然に声をかけられた。

ソフィアは驚いて、掲げていた燭台を取り落としてしまう。蝋燭は地面に倒れ、銀の燭台はからからと虚しい音を立てて石畳の上を転がった。

暗くてよく見えないが、声の主は少し先の柱の陰に立っているようだった。

「お父さま……？」

そう問いかけたのは、声が父のものにとてもよく似ていたからだ。

相手は短い沈黙の後、はっきりと答える。

「いや。父君ではない」

その返答で、声の主がソフィアが何者か知っていることがわかる。

「どなたです……？」

会ったことはないけれど、父と似た声を持ち、ソフィアの動向を知っている人。

尋ねながら、ソフィアはなんとなく心当たりに行き着いていた。

「もしかして、ネルドラン公爵でいらっしゃいますか？」

彼は肯定も否定もしなかった。

「だとしたら？」

問い返す声もまた父と似ていた。ソフィアには不思議な確信があった。

「いつかお会いしてご本のお礼を言いたいと、ずっと思っていました。あの、お側に行ってはいけませんか？」

ソフィアはおそるおそる尋ねた。

「来てはならない。あなたの前に姿を現すつもりはなかった。ただ、あなたが部屋を抜け出したと聞いて駆けつけたまで」

短く言葉を切り、公爵は淡々と続けた。

「今日はいろいろな人間が城を訪れているから、供も付けずに不用意に出歩いてはいけない。何より、冷たい夜風はあなたの身体に良くない」

「騎馬試合を見せてもらう約束をしたんです。マルハレータに会えば大丈夫。お父さまとお母さまに取りなしてくれると……」

「酷《こく》なことかもしれないが」

公爵はソフィアの訴えを遮った。

「その約束は忘れられているようだ。彼女はもう競技場の天幕《てんまく》の中にいる。悪いことは言わないから、戻りなさい」

ソフィアはしゅんと深く頭を垂れた。

「やっぱり……、そうなのですね」

「なぜ、そうまでして騎馬試合を見たいと？」

静かに問いかけられて、ソフィアは目を上げた。しかし、すぐにまた俯いてしまう。

「昔わたしに少しの間だけ仕えてくれていた人が、今日の礼拝で正騎士に叙任されたそうです。その人が騎馬試合に出ると聞いて、一目だけでも見たくなって……、でも、軽はずみでした」

忘れられたと薄々はわかっていながら、感情に任せて飛び出してきたことが恥ずかしい。いつもとてもよくしてくれている公爵に心配をかけた上、失望させてしまった。

「部屋に戻ります。どうか、ここでわたしに会ったことを誰にも言わないでくださいませんか。ばあやがお父さまに叱られてしまうから……」

うっすらと視界がぼやける。目元を左手でこすると、涙は絹の手袋に吸い取られた。しばらく待ったが、返答はない。もしかして、ソフィアの愚かさに呆れかえって言葉もないのだろうか。

「あの……、もう、帰りますね」

一声掛けて踵《きびす》を返そうとしたとき、柱の向こうの公爵が声をかけてきた。

「……ソフィア」

呼ばれ、はっとして足を止める。

「後ろの男について行きなさい。競技場に連れて行ってくれる」

背後から、四十がらみの黒ずくめの男が現れた。侍従らしいお仕着せに身を包んでいるが、影のように存在感が薄い。足音ひとつ立てず、ソフィアが落とした燭台を拾っている。もしかすると、この人がソフィアが廃宮を抜け出したのを公爵に報告したのかもしれない。

「行ってもいいのですか？」

彼は落ち着いた声で答えた。

「一試合だけ、人目につかぬ場所からなら。用が済んだら、すぐに競技場を出るように」

ソフィアは何度も頷いて、涙声で礼を言った。

「早く行きなさい。彼の出番が始まってしまう」

その物言いがとても優しくて、ソフィアは口元を緩めた。柱の向こうの姿の見えない男に向かって貴婦人の礼をすると、侍従に急かされるままそこを駆け去った。

「私の側を離れず、顔を見られぬようお気を付けください。お身体が辛くなったらすぐにお教えください。ご無理はなさいませんように」

侍従にそう言い含められ、ソフィアは騎馬試合の競技場に足を踏み入れた。

会場は城の外庭に簡易的につくられたものらしく、組み立て式の天幕に囲まれている。数え切れないほどの人々でごった返しており、そこには年齢や性別、身分の区別もないようだった。

ソフィアは、こんなにもたくさんの人を見たのは初めてだった。観衆すべてが大公国の民というわけでもないだろうが、父が治める国の大きさの一端を見た気がした。

侍従はソフィアを背に庇い、上手に人ごみを抜けてゆく。ソフィアは、フードで顔を隠しながら彼についてゆくので精一杯だった。

押し合いへし合いしながら進むと、松明《たいまつ》で照らされた広々とした場所に来た。人々が四方に張り巡らされた柵を囲んで、身を乗り出すように今か今かと競技の開始を待っている。

観客席の一角にはラッパを掲げる音楽隊が控え、そのずっと先には立派な天幕があった。中に、ソフィアの父と義母、そしてマルハレータが腰掛けている。

「試合開始に間に合ったようです」

ソフィアと侍従は、観客の最前列には立たず、目立たぬように二列ほど後ろに陣取った。

ほどなくしてラッパの演奏が始まり、進行役の男が姿を現した。今日の叙任式で騎士の位を授かった者の名前を高らかに読み上げてゆく。その中にはドラークの名もあった。

紹介の最後には、その場で最も身分の高い者——父が立ち上がり、騎士の叙任を祝う言葉を述べた。

「若い騎士たちの活躍を期待する。今夜は大いに勇姿を見せてくれ」

その言葉を合図に騎馬試合の準備が始まった。

ドラークともうひとりの名前が呼ばれると、競技場の端と端から色違いの鎧兜《かぶと》の騎士がふたり現れた。それぞれ黒と白を基調とした鎧で、鉄仮面を着けているので顔はわからない。

けれど、ソフィアにはすぐにドラークがわかった。

黒い鎧の騎士が、同じく黒い馬鎧を着けた葦毛の馬に跨がったからだ。彼がグライス号に騎乗する動作は、重い武装にもかかわらず、まるで風に乗るようにしなやかだった。

ドラークが、手甲を着けた左手で馬の首を優しく叩く。その仕草はソフィアに懐かしさを呼び起こした。

「ドラーク――」

ソフィアは無意識に彼の名前を呼んでいた。

ドラークは歓声をあげる人々には目もくれず、太ももの動きだけで馬首を巡らせる。向かう先には大公の天幕があった。

グライス号が観客席に背を向け、天幕に近づくと、中でマルハレータがたおやかに立ち上がるのが見えた。彼女の黄緑色のドレスは、奇妙なことに右袖が失われている。

ドラークは、馬上から天幕の中に向かって臣下の礼をとった。

続いて、彼は流れるような動作で横から小姓が差し出す黒い槍と盾を受け取る。

槍の矛先には、金色に輝く旗のようなものがくくりつけられていた。

こんなに遠くからでも、その布地が何なのかわかる。

騎士は、貴婦人に借り受けた品を盾や槍に結びつけ、お守りにして戦う。騎士の女主人への献身の代わりに与えられる勲章のようなものだ。

金色の付け袖は、この騎馬試合のためにマルハレータがドラークに与えたのだろう。

ふたりの言葉を介さぬやりとりは、彼が今やマルハレータに忠誠を捧げ、彼女のために生きているという事実を嫌というほどソフィアに知らしめる。

(マルハレータは、これをわたしに見せたかったのかもしれない……)

ドラークと入れ替わりに、白い装いの騎士もマルハレータの前に進み出る。彼の槍に与えられているのはただの白い手巾で、ドラークとの扱いの違いは明らかだった。

ふたりの騎士は競技場の両端に戻り、位置について槍と盾を構える。

そこからはあっという間だった。

観衆が固唾《かたず》を呑んで見守る中、合図と同時にグライス号の蹄《ひづめ》が土を蹴る。

先方の馬が遅れて駆け出した。

かと思うと、その真正面にはいつの間にかドラークの姿がある。

黒い槍が雷光の速さで突き出され、相手の喉元を貫いたかに見えた。

白い兜がはじき飛ばされる。相手の槍が虚しく空を払い、持ち主の身体は均衡《きんこう》を失って地面に投げ出された。

会場が水を打ったように静まりかえる。

勝負はそこでついたかに見えた。

しかし、ドラークは馬を下りて槍を小姓に預け、相手が立ち上がるのを待っている。

「相手が馬から落ちたのに、まだ試合が続くの？」

ソフィアが尋ねると、侍従が静かに教えてくれた。

「槍と騎馬、剣の腕をすべて披露する催しなのです。ですが、この調子だと……」

含みのある言いぶりで、侍従はソフィアに競技場の中を見るよう促した。

相手の騎士が踏ん張るように立ち上がったのを合図に、ふたりは剣を抜き払った。

互いに様子を探り合いつつ、じりじりと間合いを詰めてゆく。

先に仕掛けたのは相手の方だった。大きく剣を振りかぶり、ドラークの肩を狙う。

ドラークは一閃で軽くそれをいなし、続けて相手の左から胴に鋭い打ち込みを与えた。

敵は攻めることを諦めたのか、盾で武装し身を守る。

すると、ドラークは左に構えていたおのれの盾から手を離した。観客は誰もが、ドラークが盾を取り落としてしまったと思っただろう。

（ドラークは、左手でも剣を使えるのだわ）

ソフィアの想像のとおり、彼は剣を左手に持ち替えた。

剣の腹が相手の無防備な脇下に思い切り叩き込まれた。敵の騎士は衝撃のまま地面に再び倒れる。

ドラークは右手に握り直した剣をその鼻先に突きつけた。

土煙がおさまっても、敗者はおのれの身に何が起こったのかわからないのだろう。

呆然と天を仰《あお》いでいた。

静寂は一瞬だった。すぐに、耳をつんざくような歓声が場を包む。

若い騎士の圧倒的な勝利を祝い、喜ぶ声は、勝敗を告げる審判の声すらかき消すほどだった。

ドラークは剣を収めると、小姓に預けていた槍を取り戻し、天幕の前に進み出る。

彼は大公夫妻とマルハレータの前に拝跪《はいき》した。

槍の先端から金色の布が解《ほど》かれ、そして――。

ソフィアはその光景から目を背けた。

見なくても、ソフィアは彼が何をしようとしているか知っている。彼は絵物語の騎士のように、感謝と共に付け袖を返上し、マルハレータに勝利を捧げるのだ。

「もう……、もう、帰ります」

隣の侍従に早口で告げて、ソフィアは観客の後ろに下がった。逃げるように人の波を掻き分け、人気《ひとけ》のないところまでやって来る。

侍従が気遣わしげに声をかけてきた。

「いかがなさいましたか？　お顔の色が優れませんが」

ソフィアは額に手を当てたまま小さく首を振る。

「心配いりません。少し疲れただけなの。それに、公爵とは一試合だけという約束だったからもう十分。あなたもありがとう。わたしの我儘に付き合ってくれて……」

力なく微笑むと、侍従はそれ以上は何も言わなかった。

ソフィアは少しだけ休憩をとった後、城の中へ戻るため、侍従について回廊に入った。

その目の前を、ぞろぞろと侍女や小姓たちが横切っていく。騎馬試合はまだ始まったばかりだというのに城内に戻っていくらしい。

その中央を歩いているのは、マルハレータだった。

しかし、ソフィアの目は、彼女の後ろに付き従う黒い鎧の騎士に釘付《くぎづ》けになった。

「あら――、お姉さま！」

マルハレータが足を止め、こちらに顔を向けた。

「ごめんなさい、すっかり約束を忘れていたわ。でも、まさか本当に来るとは思わなかった。それにしても、その格好、まるで泥棒《どろぼう》か魔女みたいよ」

マルハレータの大げさな謝罪と揶揄の言葉も、侍女たちがくすくす笑いを漏らすのも、ソフィアの耳には聞こえない。

青年は黒い兜を脇に抱えたまま立ち尽くしていた。

彼の緑色の瞳は驚きに見開かれ、マルハレータの肩越しにソフィアを凝視している。

汗で額に張り付いた髪は混じりけのない輝くような金色だったが、青年はドラークに間違いなかった。

顔立ちは精悍さを増し、肌は日に焼けて、見とれるほど端正だ。近くで見なければわからなかったけれど、最後に会ったときよりも随分と背が伸び、肩も広くなっていて、たゆまぬ訓練と実戦の中で彼がおのれを鍛えてきたことがよくわかる。

そしてその腰には、騎士の証しである長剣とともに灰色の房飾りが下がっていた。

懐かしさに、胸がぎゅっと締め付けられた。

どきどきと鼓動が高鳴り、自分の頬が火照《ほて》るのがわかる。

近くで姿を見られて嬉しい。それだけだった。

彼に伝えたいことはたくさんあった。

正騎士に叙任されたことへの祝福の言葉。

騎馬試合が本当に見事だったことへの賞賛《しょうさん》。

そして、いつも花を届けてくれていることへの感謝の気持ち。

それなのにソフィアは、周囲への、誰よりもマルハレータへの遠慮に喉を塞がれて、何も言葉にすることができなかった。

マルハレータは横目でドラークを流し見ると、少し顎を引いてソフィアに言った。

「私、もう騎馬試合は飽きたから部屋へ戻るの。ドラークが送って行ってくれるから。お姉さま、ごきげんよう、おやすみなさい」

ドレスの裾を翻し、マルハレータは歩き出した。侍女も小姓もそれに続く。

ドラークは何事か言わんとするように唇を開きかけた。しかし、すぐにソフィアから目を逸らして前を向き、一行に追いつくために大股《おおまた》で去って行った。

ソフィアはその後ろ姿をずっと見つめていた。


侍従に部屋まで送ってもらったソフィアは、寝間着への着替えを済ますと、倒れ込むように寝台に入った。

人ごみに疲れて身体はくたくたなのに、目が冴えてしまって眠れない。

毛布と敷布《しきふ》の間で何度も寝返りをうち、身体を丸めて膝を抱える。

まぶたに焼き付いているのは、五年半ぶりに見たドラークの姿。

さっきはただ彼と会えたことが嬉しく、他のことを考える余裕もなかった。

しかし、冷静になって思い返せば、自分はなんて惨《みじ》めなところを見せてしまったのだろう。

フードで顔まで隠して身をやつし、華やかな競技会場にこそこそと出入りする姿は、マルハレータが言ったとおりに泥棒のように見えたかもしれない。

それに、マルハレータに付き従う侍女と侍従のなんと多かったこと。

ドラークはこの五年以上の時間で、彼らを含めて城の内外でたくさんの人に会い、語り、剣を交えたりもしながら、いろいろなことを見聞きし経験しただろう。少年から青年に成長し、華々しく祝福されて正騎士になった。

そしてこれからも、たくさんのものを手に入れてゆくだろう。

一方ソフィアは、この小さな廃宮をほとんど出たこともなく、病んだ身体でようよう命をつないでいるだけ。外の世界に触れる術も持たず、本の中でしか物事を知らない、公女とは名ばかりの役立たずな存在。何の力も持たない、ひ弱な娘のままだ。

ソフィアは、あのとき彼をマルハレータのもとに送り出してよかったと思う。

思いあまって扉を開けたり、無様に縋ったりしなかった自分を褒めてやりたいくらいだった。

彼と離れたときのことは、ソフィアにとっては昨日の出来事のようだ。

けれど実際には、五年半の月日の長さ以上に、彼が遠い存在になってしまった。

毎日のように届けられる花だけが、彼と自分を繋いでいた。でも、それがドラークの重荷になってはいないだろうか。だとしたら、かつての約束で今の彼を縛るのはとても申し訳ない気がした。

ソフィアはのろのろと起き上がり、寝台から抜け出した。窓を開けると、少し冷たい風とともに明るい月の光が差し込んでくる。

意を決して書き物机に向かい、抽斗《ひきだし》から羊皮紙《ようひし》と羽根ペンを取り出した。

彼に手紙を書こうと思ったのだ。もう花を届けてくれなくてよいと。

ドラークが明朝にそれを見て、廃宮に来ることを止めればよし。もしも手紙が読まれぬまま手つかずで残されていれば、ソフィアが願うまでもなく彼がここを訪れるのをやめていたのだから、それもよし。

羽根ペンを握るけれど、初めの一文字が思い浮かばない。

届けられる季節の花々は、ソフィアの心を慰めてくれた。毎朝、まるで彼と本当に会えたかのように嬉しかった。彼が自分のことを覚えてくれているということはソフィアが生きる希望だった。

けれど、彼を思うなら止めさせるべきではないのだろうか。

理性ではそう考えられるのに、どうしても手が動かない。

『俺は剣にかけて誓ったのに、ソフィアさまのほうが嘘をつくのですか』

彼がくれる温もりを拒みたくない。もう、彼に嘘をつきたくない。

ソフィアは結局、一行も綴ることができないまま、いつの間にか書き物机に突っ伏して眠ってしまったのだった。


はっとして目を覚ますと、空が明るくなりかけていた。

ソフィアは軋む身体で立ち上がり、ふらふらと部屋の入り口に近づいた。

花束はそこにあるかもしれないし、ないかもしれない。自分で見届けなければいけない。そして、たとえ自分とドラークを繋ぐ細い細い糸が切れてしまったとしても、誰も恨まず、悲しむまい。

不安と期待が綯《な》い交ぜになったまま、扉の間に身を滑り込ませた。陽に当たらぬよう気をつけながら外に出る。

「――あ」

思わず声が零れる。

扉の側に、一抱えもの大きさの花束が横たえられていた。

ソフィアは腰が抜けたようにへなへなとその場に座り込んでしまう。

おそるおそる手を伸ばし、花束を持ち上げる。白薔薇に白い桔梗、ダリア。何種類もの白い花の香気が混じり合って、優しくにおやかだ。

ソフィアは、花々が何か見慣れないもので束ねられているのに気がついた。

灰色の太い編み紐《ひも》で、両端を同じ色の毛の房が飾っている。毛先は決して柔らかくなく、強くしなやかな手触りだ。

ソフィアは紐に見覚えがあった。

「……これ……」

昨日の夜、ドラークの剣を飾っていた房飾りだ。

彼は六年前、グライス号の鬣と尻尾の毛でこれを作るのだと話していた。

馬の毛で作った品には、身につけると願いが叶うとか、幸福を呼び戻すという伝承がある。ドラークは、毎日のブラシがけで一本一本毛を集めるという作業も苦にならないと言っていた。

気の遠くなるような時間と手間を注ぎ込んで作ったもののはずだ。彼はようやく昨日、それを騎士剣に飾ることができたのに。

「どうして、こんな大切なものを……」

ソフィアは胸の中にぎゅっと大きな白い花束を抱きしめた。

昨日、無茶で無謀なこととはいえ、出かけて行って彼とグライス号の勇姿を目にすることができた。さらに、言葉を交わすことはできなくても、手の届くような距離で対面することもできた。

それだけで十分に幸せなのに、こんなものを受け取っても良いのだろうか。

彼がソフィアのことを忘れていないと、言葉にはできなくても贈り物でそう伝えてくれていると、そう思ってもいいのだろうか。

それを嬉しいと思うソフィアは、騎士の女主人としては失格だ。本当に彼の将来を思うなら、ソフィアは彼に手紙を書かなければならなかった。

もしも花束がそこになかったとしても、喜ばなくてはいけなかった。

でも、それでもいい。

五年半ぶりに彼の姿を見て、はっきりとわかった。

その気持ちはおそらく、ドラークと出会った瞬間にはもうソフィアの胸に芽生えていて、共に過ごした一年で根付き、会えなかった長い間で知らぬうちに育っていた。

ソフィアは彼に恋をしていた。

4 騎士

冬の気配が近づき、底冷えするような寒さの朝。

ドラークは静かに身支度を済ませ、私室を抜け出した。まだ陽は昇りきっておらず、並びの部屋を与えられている他の騎士たちは誰も起床していない時刻だ。

城はまだ夜の支配下にある。

水汲みの下女たちの姿すら見えないが、この時間に目覚めるのは僧院育ちのドラークにとって、もはや習性のようなものだ。

まず人気《ひとけ》のない庭園に行くのが、この五年ほどの間、従軍して城を留守にした日以外は一度も欠かしたことのない習慣だった。宮廷での初めの一年で庭師と懇意になっていたことが幸いし、毎朝少しずつなら花を切ってもかまわないと言ってもらっている。

花を選んでいくらか切り、形を整えながら紐で束ねる。

六年以上続けている朝の一人歩きで、ドラークはこの城の構造を知り尽くしていた。

次に向かうのは、この城郭の北の隅の一角。高い城壁と木々に囲まれ、細い回廊だけで中枢部と繋がっている。一言で言えば、住人を隔離できる場所だった。

ドラークは、初めて廃宮に連れてこられた日までの出来事を思い出す。

物心ついたとき、ドラークは母とともに領地の外れの屋敷で暮らしていた。

父は息子の赤毛と左利きを周囲にひた隠しにし、重い病気と触れ回っていた。ドラークの知る限り一度も母と自分に会いに来たことはなかった。

夫に密通を疑われ、夫人の座を追われたも同然の母は、その怒りと憎しみを息子に向けた。

母と過ごした五年の間に、彼女からもらったものが三つある。

初めに、彼女から生を享《う》けたこと。

二つ目は、悪魔、触るな、という罵《ののし》りとともに負わされた左手の火傷。

自分自身で知らぬうちに記憶に蓋をしているらしく、母の所業のすべてを思い出すことはできないが、長い髪を振り乱した鬼のようなその形相《ぎょうそう》は忘れがたいものだった。他にも、頭を上げるなとか、左手を使うなとか、生きるなと言われるのと同義の言葉をかけ続けられていたように思う。

最後の一つは、終わりの見えないふたりきりの暮らしに、母自身が終止符を打ってくれたことだ。五つの年の冬の晩、ドラークは庭先で母から氷水を浴びせられるという仕打ちに耐えかね、珍しく泣いて、『お母さまやめて、許してください』とお願いした。その翌朝、彼女は腰帯で首を括《くく》って死んでいた。

母がドラークのお願いを聞いてくれたのは後にも先にもそれきりだった。

今思えば、母はおのれでも制御できない憎しみのままに折檻を続けていたから、止めるためには自分か息子が死ぬしかないと思い詰めたのだろう。

彼女の死に顔は、すべての苦しみから解き放たれたように穏やかだった。それにしても、母がドラークを手にかけなかったことは今でも不可解なのだった。

その後、ドラークは辺境伯家の息のかかった僧院に入れられた。間もなく父が後妻を迎え、自分の異母弟にあたる子どもをもうけたこともそこで知った。

僧院での暮らしは悪くはなかった。

修道僧たちは父に捨てられ母に死なれた子どもに優しかったからだ。

ドラークは、文字の読み書きをはじめ、聖典の解釈、文学と歴史、算術など、一通りの学問の基礎を修めた。修道院は自給自足と清貧《せいひん》の生活を旨としていたため、大工仕事や、家畜の世話を含めた農業にも従事した。

自分の赤毛が前世の悪行の結果などではないということも知った。

僧院の院長は、何代か前の祖先に赤毛の人間がいると、ごく希に子孫にその血が濃く出ることがあると話してくれた。先祖返りという現象らしかった。

　左利きをうまく隠し、右手を使って生活する術も院長が訓練してくれた。

　それというのも、この大公国の土着の民が祭祀の際に左手を使っていたことは紛《まご》う事なき事実で、左利きの人間は僧院の中であってさえ忌み嫌われていたからだ。

　他にも、僧兵たちが暇に飽かしておのおのが得意とする分野でドラークを鍛えた。乗馬、剣技、棒術、組み手といった具合だ。ドラークはその訓練を通して、身体を動かして戦うことが最も自分に向いていると知った。

　もうひとつ、鍛錬の中で気づいたことがあった。それは、おのれには恐怖心というものが全く欠けているということだった。痛みを受けることは恐ろしくなく、人の罵りや憎しみの視線を向けられることも何とも思わなかった。生まれたときから最も身近にいた母に憎まれ、痛みを与えられてきたことに比べれば、それ以外の人間に何をされても傷ついたりはしないのだ。

　それは武術の訓練の中で大いに役立つ素質だと思われたのに、院長や僧兵たちにはむしろ深刻に心配されていたようだった。

　だから、不安や痛みを恐れる演技を身につけ、人に憎まれず悪意を向けられることもないように調和をはかるための嘘を覚えた。それが僧院の中で生き抜くための処世術だと思ったからだ。

その頃にはもう、ドラークは僧院で一介の僧兵として生きていきたいと思うようになっていた。

しかし、十四の春、父の使者が僧院を訪れた。

使者は、会ったこともない異母弟が病死したこと、父がドラークを息子として手元に呼び戻すのを決めたということを告げた。

僧院の院長はあまりに急なことだと反対してくれたが、父がこちらの言い分を聞いてくれる相手とも思えなかったので、ドラークは従順に僧院を出た。ただ、剣や槍を扱う機会がなくなるかもしれないことが嫌だった。

五つの年に僧院の黒く高い塀の中に入ったとき、ドラークは幼心に、もう二度とここを出ることはないのだろうとぼんやりと思っていた。

なのに、たった十年足らずで再び居場所を失ってしまった。

また自分は死んだように生きるのだろうと思った。

馬車に揺られてたどり着いた辺境伯家の屋敷は豪奢で広大だったが、寒々としてまるで牢獄のようだった。ドラークは領主の執務室に連れて行かれた。

ドラークは父の顔も声も知らなかったが、対面したときにすぐにそうだとわかった。父は、眉と目元が自分とよく似ていたからだ。

当の父も後妻も、その相似に驚いていたようだった。

「もう私には子どもが望めない。不本意だが、おまえを跡継ぎにせざるを得ない」

父は義母を横目に見ながら告げ、このように続けた。

その気遣わしげな態度から、父が後妻を愛して丁重に扱っていることがわかった。

「すぐに出立の支度をして、大公の城に上がれ」

それが、十四年ぶりに再会した父子の会話のすべてだった。

心温まる交流など期待していなかったので、さもありなんと思った。

この国を治めるフォリンデン大公には娘がふたりいて、溺愛する妹娘の遊び相手として護衛という名目で同じ年頃の貴族の少年が集められていた。選ばれて宮廷に上がることができれば、将来の出世は約束されたようなものだという。

父の部屋を出たドラークは、義母によっておかしな臭いの薬で髪を黒く染められた。

「これからは毎日、ご自分で染めてくださいませ」

そのひどく屈辱的な出来事を最後に、ドラークは義母と二度と顔を合わさなかった。彼女の方がドラークを避けていたらしかった。

また、死んだ異母弟が名付けたという葦毛の馬とも引き合わされた。

馬は僧院で飼われていたどの馬よりも気性が荒く、初めは近づくと前足を上げて威嚇《いかく》されるほどだったが、根気強く手ずから世話をすると次第に懐いてくれた。

ドラークは辺境伯家の屋敷で、初めて心の通う相手を得た気がした。

都に行った後も、さんざんな出来事は続いた。

学力や体力の試験を経て四人の護衛候補に滑り込んだが、城に上がった当日に、他の三人のうちのひとりに髪を染めていることを気づかれた。

ドラークは見物人に囲まれた中で水を被らされ、元は赤毛だということをあっさりとばらされてしまった。それが原因となってマルハレータの護衛からは外された。

しかし大公は、姿を偽ったとはいえ、辺境伯家の跡継ぎ息子をむげに送り返すわけにもいかないと考えたようだった。これまでの大公家への貢献が考慮されたのだろう。父は宮廷でそこそこの地位を得ていたらしい。

ドラークは、もうひとりの公女の護衛という名目で城に留め置かれることになった。告げ口した少年は、ドラークが体《てい》よく厄介払いされたことをほくそ笑んでいた。

姉公女の評判はさんざんなものだった。

病弱な上、城の片隅から出てこない陰気な娘。

薬師の見立てでは、十八まで生きられればよいというほど病が篤《あつ》いらしい。

妹のマルハレータが母に倣《なら》い、幼いながらも孤児院や施療院への慰問《いもん》や寺院への寄付といった貴婦人の務めを果たしているにもかかわらず、姉の方は病気を理由に何ひとつ義務を果たさない。

さらには、亡き大公妃と素性も知れぬ間男との間に産まれたため、大公の血を引いていないという不名誉きわまりない噂まであった。

どうしてこの娘が尼僧院か離宮に追い払われてしまわないのか、誰もが疑問に思っているということだった。

ただ、ドラークは、新しい務めにも新しい女主人にも、かけらの期待も興味も持てなかった。

息子をマルハレータの側に上げるという目算が外れてしまった今、父がどう自分を罵るか、考えるだけでも煩《わずら》わしいと思った。

鬱蒼とした木々に囲まれた廃宮で対面した新しい主――ソフィアは、ひ弱な子どもにしか見えなかった。

下ろしたままの銀髪、青白く透き通った肌、泣いた後のような潤《うる》んだ紫色の瞳。顔立ちは硝子細工のように繊細で美しかったが、生気のない人形のようだった。

きっと、弟のようにすぐに死ぬのだろう。

冷めた目で見ていたドラークに、思いもかけない言葉がかけられた。

「……子どもなの？」

鈴を転がしたように澄んだ高い声。

彼女の小さな顔には、明らかな戸惑いが浮かんでいた。

赤毛に言及されなかったのは意外だったが、子どもではないかというのはそれ以上に癪《しゃく》に障《さわ》る言葉だった。

小さな苛立ちを押し隠し、彼女の前に跪いて予定どおりの口上で挨拶した。

ドラークが頭を下げたままでいると、ソフィアが立ち上がろうとした。

どこかに行くつもりなのかと思ったが、様子がおかしい。空咳を繰り返したかと思うと、ふらりと横に倒れかけた。

ドラークは思わずソフィアを抱き留めていた。

彼女の薄い肩が苦しげに震え、折れそうなほど細い腕がドラークの胸に縋ってきたのを見て、これまで覚えたことのない感情が心に芽生えた。自分よりも弱い者への哀れみだと思った。

彼女に左手の火傷を見せられたときは少し驚いたが、自分の傷のことを打ち明ける必要性は感じなかった。そのときのドラークにとって、ソフィアはあくまでやむを得ず引き合わされた主人であり、忠誠を尽くすつもりなど毛頭なかったからだった。

しかし、その考えは数日後には根底から覆されることになる。

ドラークが仕えるはずだったマルハレータが突然廃宮を訪れたのだ。

お決まりのとおり赤毛を罵られ、退出を命じられたドラークを追いかけて、ソフィアが控えの間に入ってきた。あの程度の侮辱は気に留めないようにしているのに、彼女の必死な態度はドラークの感情をひどく逆撫《さかな》でした。

彼女の瞳は不安そうに揺れ、頬はほんのりと染まっていた。

謝る道理などなかったのに、ソフィアは妹の仕打ちをドラークに詫びた。

軽く受け流して笑ったドラークに、彼女は思い詰めた顔でこう問いかけたのだ。

「嫌な気持ちなのにどうして笑うの？」

ドラークが処世の術として幼い頃に身につけ、誰にも気づかれることのなかった偽りの微笑。それを、出会ったばかりのソフィアにたちどころに見抜かれた。

呆気にとられて返事もできずにいると、あの小さく白い手で髪を撫でられた。ドラークを産んだ母でさえ、一度も触れてはくれなかったというのに。

それればかりか、彼女はドラークの手を自分の髪に触らせることまでした。

そして、花がほころぶように笑ったのだ。

「おんなじよ。ほらね」

ひ弱な娘だとばかり思っていた。けれど、彼女の目は強かった。

自分ひとり生きているのさえやっとのように華奢《きゃしゃ》で頼りないのに、涙を浮かべてドラークの身の上を思いやる。大公の血筋でないと言われ、ないがしろにされているのに、はっとするほど高貴な横顔を見せる。

ドラークは、ソフィアがくれた「ここにいてほしい、一緒にいたい」という言葉が、同情から出たものだということに薄々気づいていた。

心優しい彼女は、居場所を失いそうな少年に哀れみをかけずにいられなかったのだろう。

なんて甘いのだろうとも思った。

けれど、どうしてだか、ドラークはあのか弱い手に縋らずにいられなかった。

それからの一年間は、あまりに温かく心地よすぎて、夢のようだった。

ソフィアは常にドラークを側に置いてくれた。

彼女は城の中や宮廷のことをあまり知らなかったので、よく外の話をせがんできた。

ドラークはソフィアのために城中を散策するようになった。

ネルドラン公爵に贈られた本を読むときは彼女が無邪気に教えを乞うてきたので、ドラークが答えてやった。彼女が感心したように素直に目を輝かせるのがむず痒《がゆ》かった。

彼女が機織りを覚えたのは、孤児院や施療院へ寄付をするためだった。それまではたくさん糸を紡いでは寺院に奉納してきたという。寄付のための手仕事は、ソフィアの亡き生母が行っていたことらしい。

ドラークは、ソフィアが織機の前に座って作業する姿を眺めるのが好きだった。彼女は流れるような手つきで杼《ひ》を操り、踏み板を動かして、部屋中に機《はた》の軽く規則的な音を響かせた。

自分自身では気づいていなかっただろうが、無心に機を織る彼女の横顔はいきいきとしてとても楽しげだった。彼女はきれいに布を織ることができれば広げて見せてくれたし、拙い部分があれば気の毒になるほどしゅんとして反省していた。

織った布を使ってもらえるだろうかと思案する様子は、もしも彼女が外に出られぬ身体でさえなければ、人の役に立つためにどこにでも出かけていっただろうと思わせた。

宮廷にはびこるソフィアに関する醜聞《しゅうぶん》は、すべてが悪意あるでたらめだった。

ドラークは、怠《なま》け者の公女という前評判を一時でも信じていた自分を殴ってやりたいくらいだった。

面白おかしくソフィアのことを噂する者や、その噂を信じて疑わぬ者はたくさんいた。

ドラークは政《まつりごと》に関わる廷臣《ていしん》たちとは接点がなかったが、奥向きにいる使用人をはじめ、ドラークと同じ務めに励む騎士たちは少なくともそうだった。

ドラークはソフィアを貶める者たちひとりひとりに、噂は間違いだと説いて回りたいほどだったが、彼女がそれを望まないことは容易に推《お》し量《はか》ることができた。

また、本当の彼女の姿を知っているのは自分だけで、そのままでもいいという邪《よこしま》な思いがなかったといえば嘘になる。

ドラークは、ソフィアが公女でなく、誰の娘なのかわからなくてもかまわなかった。

彼女が何者でもよかった。

城の片隅に追いやられて出会ったのが神の巡り合わせなら、こんなにありがたいことはないと思う。

ドラークはソフィアのどんな願いも叶えたいのに、彼女自身は自分の望みを口にできないようだった。

だから、せめてもと思い、無茶を承知でグライス号と引き合わせた。

庭園に憧れるソフィアに、夜にだけ咲く花を見せた。

夜の池に浮かぶ、誰も香りを知らない花。人目を恐れてひっそりと花開き、朝には恥じらうように隠れてしまうそのありようが、ソフィアの姿に重なった。

ドラークはその花を自分だけの秘密にしたかった。

月光を紡いだような銀髪に、手袋越しでなく、直に指先で触れたい。

あの白い頬は温かいのか、冷たいのか。どんな手触りがするのか。

自分だけが触れたい。自分にしか見せない顔が見たい。誰にも聞かせない声が聞きたい。

その感情はきっと忠誠心とか騎士の献身とかいう清らかで崇高《すうこう》なものではなかった。ひりひりと胸を焦がし、やがて身の内を蝕《むしば》むように焼き尽くす激しい恋情だった。

騎士が自分に対してそんな感情を抱いていると知ったら、幼くて無垢なソフィアはどれだけ落胆《らくたん》し、怯《おび》えるだろう。これまでのドラークとの交流も、すべて汚れたもののように思うかもしれない。

それを自覚した瞬間に、ドラークは想いを封じ込めることを決めた。

彼女が左手を差し伸べてくれるなら、それだけでドラークが自身の命を投げ出すのに十分すぎるほどだ。あの日に彼女が髪を撫でてくれたことで、自分はこれから先を生きてゆけるほどに救われたのだから。

ソフィアと出会ってちょうど一年が経った春、ドラークはまるで猫の仔《こ》のようにやりとりされて、マルハレータに仕えねばならなくなった。

上役である騎士団長には希《まれ》に見る栄転なのだと言い含められたが、不愉快で不本意きわまりなかった。

ドラークはまだ一介の従騎士に過ぎなかったけれど、既に一生をかけて仕える主を決め、励んでいたからだ。

城の片隅で不遇に暮らすソフィアを守ること。彼女のささやかなお願いをいつか必ず叶えること。そのためと思えば、どんなつまらない務めもおろそかにはできなかった。自分が認められることがソフィアの名誉に関わると思い、気高く強くあろうとしてきたというのに。

廃宮に駆け込もうとしたドラークを、ソフィアは扉の向こうで拒んできた。

「マルハレータの護衛になって、守ってあげて」

そんなことのために励んできたのではなかった。扉を叩き壊して、ソフィアの目の前でそう言ってやりたかった。そして彼女を攫《さら》って、グライス号に乗って誰もふたりのことを知らないどこかに行ってしまいたかった。

でも、ドラークは笑ってしまうほど無力だった。ソフィアは忘れ去られているとはいえ公女という身分で、実力も権力もない、騎士ですらない少年が城外に連れ出してよい相手ではない。

それに、病んだ身体を薬師によって治療されている彼女は、城の外で生きながらえることはできない。闇に乗じて城を逃れることができたとしても、その先に共に生きる未来はない。

ソフィアはそんなことは百も承知だったのだ。

「もう、一緒にいられないの」

その言葉にドラークは負けた。

それでも諦めきれず、いつか戻るという約束だけを残した。

マルハレータの前に上がるため、ドラークは薬師の作った塗り薬で赤毛を金色にさせられた。鏡に映った紛いものの金髪を見て、ドラークは吐き気をこらえることができなかった。自分の姿があまりにも父に似ていたからだ。

「思った通り、金髪にすると見栄えが良いわ」

そう言ったマルハレータの暮らしぶりは、ソフィアと何もかも違っていた。

まず、与えられている居室が違う。

マルハレータは城の西翼にある広々とした続き部屋で暮らしており、他にも衣装部屋をふたつも持っていた。部屋の設えをはじめとして、衣装も食事も豪奢を極め、マルハレータはそれを当然のように消費し、不要なものは捨てるか侍女に下げ渡していた。

侍女は両手では数え切れないほどおり、さらにドラークと同輩の従騎士が護衛として三人も配属されていた。いずれも国内の貴族の出身で、見た目も立ち居振る舞いも洗練された者ばかり。

マルハレータはドラークを含む四人の従騎士たちをわざと競わせ、仲違いさせることを愉しんでいた。

「城下で評判のお菓子があるから買ってきて」

「剣の訓練試合で勝ち残った人には、次の宴のときに私に配膳《はいぜん》させてあげる」

「私のお願いが聞けないならお父さまに言いつけてやる」

彼女はそんな言葉で従騎士たちの反応を試し、翻弄《ほんろう》した。

ドラークがマルハレータの我儘に手を焼いたのは一度だけ。

ドラークの愛馬に乗りたいと乞われ、渋々彼女を厩舎に連れて行ったときのことだ。ドラークがグライス号を馬房から出そうとしたのに、いつもドラークにだけは忠実なはずの馬が梃《てこ》でも動かず、近づいてきたマルハレータに荒々しい鼻息を吹きかけて威嚇《いかく》までしたのだ。気分を害したマルハレータは自ら『もういいわ。こんな馬鹿な馬はごめんよ』と踵を返して二度と厩舎には近づかなくなった。

その一件以来、マルハレータがくだらない用事を言いつけてくるたびに、ドラークは彼女の側を離れる口実ができたのを幸いに出かけるようになった。他の従騎士たちは不在の間に他の者に出し抜かれるのではと疑心暗鬼《ぎしんあんき》になって互いに牽制《けんせい》し合っているようだった。

特に、最後の四人目として配属されたドラークは、マルハレータの寵愛が一番厚いのではと警戒されていた。

部屋に置いていた私物を捨てるという陰湿な嫌がらせから、訓練の際にわざと複数で囲んで小突くという開けっぴろげで直接的なものまで、憂《う》さ晴らしとしか思えないようなやり口が繰り返された。

特に彼らはドラークの赤毛を嘲《あざけ》り、噓つきだの化け物だの好き放題に罵ったし、髪の色を変える薬はたびたび隠されたり撒《ま》き散らかされたりしたので不便を被った。

けれどドラークにとって、彼らの悪意は児戯《じぎ》に等しかった。

三人が犬のようにマルハレータに媚《こ》びを売り、命令を待ち、必死になって従っているのも滑稽《こっけい》で、騎士の本分を忘れているとしか思えなかった。

ドラークは、騎士団長付きになったのを幸いに、彼について城外での務めに精を出した。国内の視察や山間の村を襲う賊の討伐など、騎士団長の任務は多岐《たき》にわたっており、何もかもが目新しく勉強になることばかりだった。特に隙あらば虎視眈々《こしたんたん》と攻め入らんとする隣国との国境線の警備は重要な務めだった。世継ぎが定まらない大公国の政情は決して安定したものではなかったからだ。

あちこちで見聞きしたことをソフィアに話してやれたら、彼女はどれだけ喜んでくれるだろう。ドラークは折に触れてそんなことを考えた。

会いたいという思いは消えず、城内にいるときも城を離れているときも、熾火《おきび》のように心の底に生き続けた。

しかし、一旦城に帰り着けば、旅装を解く間も与えられずにマルハレータの前に呼び出され、やれ土産を寄越せだの楽しい話をしろだのと命じられた。疲れたドラークが鈍い反応を見せれば、公衆の面前で三人をけしかけられて笑われたり、わざと休ませないようにつまらぬ任務を入れられたりした。

なぜマルハレータがそれほど大切に扱われ我儘を許されているかといえば、彼女が次の大公を決める立場と目されているからにほかならない。

大公位の継承は原則として男系で、女性の継承は男系の継承者が絶えたとき、一代のみに限られる。

大公の同腹の弟であるネルドラン公爵が跡継ぎに指名されるのが順当だが、彼は若い頃に大病を患《わずら》い、子を成せぬ身体になったらしい。

そのため大公は、公の場では決して表明することはないが、娘とその婿を共同統治者に据える意向だともっぱらの噂だった。その娘というのがどちらの公女なのかは、誰が見ても明らかだ。

マルハレータはエデルミラによって、国内の寺院や施療院、孤児院などにたびたび慰問に行かされていた。公女としてより多くの民に接し、弱い人々への奉仕に努めるというのがその名目だったが、エデルミラの真の目的は彼女がいずれ女大公となるための見聞を広めることだったようだ。

当のマルハレータは慰問を嫌っており、どこに行ってもつまらない、誰も彼も汚くて陰気だと言って、出かける前は機嫌が悪くなった。しかし、一旦出かければ、早く務めを済ませて遊ぶために、そつなく善良な公女を演じるのだった。

マルハレータがある寺院に慰問に行ったとき、亜麻布を奉納したことがあった。僧たちは公女が自ら織ったものとありがたがって、幼いのに貴婦人の鑑《かがみ》と彼女を褒め称えた。

彼女が織機の前にいるところなど見たことのないドラークは微かな違和感を覚えたが、その違和感に確信を得たのは、半年後に別の場所へ慰問に行く準備をしているときのことだった。ドラークは、マルハレータの荷物の中に奉納される予定の亜麻布を見つけた。大公家の紋章の入った包みに覆われた布は、ソフィアが使っていた軸に巻きつけられて整形されていた。布の端はソフィアがしていたようにきれいなへり飾りとして始末されていた。

間違いなくソフィアが織ったものだった。

ドラークがマルハレータに詰め寄ると、彼女はあっさりと横取りを認めた。

「何がいけないの？　勝手に私が織ったと信じているのは相手の方だし、そういうことにした方がこちらも都合がいいでしょう。どうせお姉さまは長生きなんてできないんだし、私の役に立てたことを喜んでほしいくらいだわ」

何の悪気もなく、マルハレータは当たり前のように言った。

ドラークは怒りで頭が煮えたぎるかと思った。

「――見下げ果てた方だ」

思わず零れた言葉が聞こえていたのか、マルハレータは青ざめ、気分が悪いと言って翌日に予定していた慰問を取りやめた。

ドラークは彼女が大公か公妃に自分の非礼を言いつけるだろうと思っていた。

なのに、一向に何のお咎めもなく、数日するとマルハレータは何事もなかったかのように元通りの態度になった。肩すかしを食らったような気分になったが、彼女の腹いせの相手が自分ではなかったことを知ったのはその後のこと。

叙任式の晩、思いがけずソフィアと再会した。

騎馬試合で勝利を収めた後に、ドラークは早々に引き上げるというマルハレータに供を命じられて城に戻ろうとしていた。

ソフィアは見慣れぬ侍従に付き添われ、頼りなげに立っていた。

この五年半の間、記憶の中の姿がすり切れてしまうほど彼女の面影を思い描いていたけれど、生身の彼女はずっとずっと美しかった。思っていたよりもやつれてはいなかったことには安堵した。透き通るような肌はそのままに、面立ちは少し大人びて、より美しかった。闇に乗じるためにまとった黒い外套はその透明感をいっそう際立たせていた。

ドラークは、彼女に駆け寄りたくなる衝動を必死で抑えた。

マルハレータの言動からして、わざと今日のことをソフィアに教えて誘い出したに違いない。待ちぼうけを食わせてもよし、ソフィアがひとりでやって来たところをドラークの面前で虚仮《こけ》にして嘲ってもよし、いずれもソフィアを傷つけるためだったのだろう。マルハレータの我儘ぶりと底意地の悪さに胸が悪くなるようだった。

しかし、ソフィアが自分の姿を見に来てくれたことは純粋に嬉しかった。

彼女に忘れられていないことがわかっただけでもよかった。

ただ、彼女がきれいだと言ってくれた赤毛を金に染め、唯々諾々《いいだくだく》とマルハレータに付き従うところを見せてしまったことは腹の底から悔やまれた。誰にどんな罵りを受けても、嘲笑《ちょうしょう》されてもかまわないが、彼女にだけはあんな惨めな自分を見られたくはなかった。

その晩をきっかけに、ソフィアへの想いは再び抑えがたくなっていった。

彼女に会いたかった。

戦場で戦うことも、マルハレータの不興を買うことも、誰かの悪意に晒されて傷つけられるのも、ドラークにとっては何でもないことだった。

ただ、ソフィアに会えないことは辛かった。

彼女がいつかドラークの手の届かぬところで儚《はかな》くなってしまうのではないかという想像は、そのたびにドラークを地獄の底に突き落とした。彼女に自分の存在が忘れ去られてしまうのも同じほどに恐ろしく思えた。

あの秋の日から一月が経つ。

ドラークは騎士としての初めての任務をおおせつかり、明日、南方へ出立することになっていた。しばらくはソフィアのもとに花束を届けてやれなくなる。ドラークはいつもどおり廃宮の廊下に花束を横たえ、名残を惜しみつつもそこを去ろうとした。

だが、普段は人気《ひとけ》などない薄暗い回廊に、黒く細い人影がある。

足を止めたドラークに、その人物はまっすぐに近づいてきた。大公に仕え、ソフィアを治療している薬師の老婆だ。マルハレータにドラークの髪の色を変える薬を進呈した張本人でもあった。

ドラークは警戒を解かぬまま老婆に相対する。

「騎士どのに、お渡ししたいものがあります」

そう言われ、ドラークはますます訝《いぶか》った。

「あなたの薬なら間に合っている」

あからさまに突き放すように言っても、老婆は顔色ひとつ変えなかった。

「いいえ、預かりものです。あなたにお渡しするようにと頼まれ、お待ちしていました」

ドラークは預かりものという言葉に反応した。

老婆は懐から何か小さなものを取り出す。硝子でできた小さな軟膏入れだった。

「ソフィアさまがお作りになったものです。あなたの火傷に効くでしょう」

「あの方が――？」

自分の胸が大きく鼓動したのがわかる。

思わず手を伸ばしかけたが、用心深く踏みとどまった。

「あなたは大公殿下のご命令しか聞けないのではないか？」

老婆は大公の子飼いの薬師だ。他のどんな薬師にも作れない複雑でよく効く薬を調合するが、どんな対価を積まれても他の誰のためにも働かない。噂では、心臓の発作に見せかけて人を殺す無味無臭の毒や、人の心を夢の淵に沈ませて現実を忘れさせる薬を作るという。

ソフィアの治療をしているのは大公にそれを命じられているからであって、ソフィア本人の依頼を受けることはありえないのだ。ドラークの髪色を変える薬を作ったのも、マルハレータにねだられた大公が注文をつけたからだと聞いていた。

「確かに薬の調合や施術のご用命はお受けできません。しかしこれは、ソフィアさまがご自分で薬草を育て、調合したものをお預かりしただけ」

老婆は皺《しわ》だらけの左手で軟膏入れを差し出した。ドラークはそれを左手で受け取る。

透明な硝子の入れ物の中に、薄緑色の薬が入っている。

「俺の傷は二十年近く前に負ったものだ。今更効くとは思えない」

「私の一族に伝わる皮膚薬です。時間はかかりましょうが、傷痕は必ずきれいに消えてなくなります」

ドラークは手の中に軟膏入れを握り込んだ。

ソフィアがドラークのために寄越してくれたものだと思えば、本心では嬉しい。

でも、その感情は決して表に出すことはない。マルハレータに仕えるようになってから、ドラークは以前にも増して徹底しておのれの感情を隠すようになっていた。

「それほど貴重な薬なら、あの方ご自身がお使いになるべきだ」

ソフィアの左手の痛ましい傷を思い出し、ドラークは目を伏せた。

「――同じことをおっしゃるのですね」

思いもかけない言葉にドラークは目線を上げた。仮面のようだった老婆の表情が、一瞬だけ和《やわ》らいだように見えた。

「五年半前、あなたの髪を染める薬があると知ったとき、ソフィアさまは火傷の薬もあるのかとお尋ねになったのです。自分のためではなく、あなたのために」

「ご自分ではお使いになっていないのか？」

「ご自分の傷を消すことは考えてみたこともないようでした。大切そうにご自分の手を眺めていらっしゃいましたから。……それに、たとえ使ったとしてもあの方には効くはずのない薬ですから」

その持って回ったような言いぶりにドラークは片眉を上げた。

「どういうことだ？」

老婆は、言い過ぎたとでも言うかのように、はっとして顔を逸らし、口を噤《つぐ》んだ。

「これ以上のことは私の口からは申せません。お聞きになりたいのなら大公殿下にお願いなさいませ。……それからもうひとつ、こちらを」

老婆は懐から平たく細い包みを取り出した。ドラークは、受け取ったもののあっけないほどの軽さに首を傾げた。

「中を検《あらた》めてくださいまし」

促されるままに包みを剝ぐ。

中には、ドラークが一月前に彼女に贈った房飾りが横たわっていた。

いや、よく似た違う品だった。大きさ、長さ、造形はそのままに、グライス号のしなやかな鬣毛ではなく、月光を紡いだような銀色の、柔らかいもので編まれている。

「――これは」

ドラークはそれを掬い取ろうとしたが、手袋の生地が滑って果たせなかった。ぎゅっと握りしめ、すぐにちぎれはしないかと心配になり、尊く壊れやすい宝物でも扱うように手の上に押し頂いた。

「ご自分の髪を切られたのか？　これを作るために」

老婆は黙って頷いた。

「初めての任務に行かれるのに、房飾りがなければ格好がつかないだろうと」

ドラークは深いため息をついた。

「何ということを……」

あの美しい髪に自ら鋏《はさみ》を入れたというのか。一介の騎士のためだけに。

ソフィアの思いがけない贈り物とともに、老婆の心遣いがありがたかった。

「ひとつ聞きたいことがある。——ソフィアさまが長くないという噂があるが、本当か」

それは、宮廷で絶えずまことしやかに囁かれてきた話だった。

老婆は押し黙った。ドラークは一歩進み出て、老婆のフードの中を覗き込む。

「教えてくれ」

「申し上げられませぬ。お知りになりたければ戦功をお立てになるがいいでしょう。褒美《ほうび》に乞えば、大公殿下がお話ししてくださるやもしれません」

その物言いは、ソフィアの状態が望ましくないのだということを察するのに十分だった。

「——わかった」

ドラークが渋々引き下がると、老婆はそっと目を伏せた。

「私は、大公殿下とお世継ぎのご命令しか聞けないという契約を交わしているのです。王家の方々の秘密は漏らせません」

「ではなぜ、ソフィアさまのお味方をする？」

ただのお使いに過ぎません、と老婆は苦笑した。

「あの方をお健やかにしてあげられない罪滅ぼし。それから、私にも妹がおりましたから、同じ姉として近しいような気持ちを感じております。……少し話しすぎましたね」

そこまで言って、深くフードを被り直した。

「この国に伝わる古い言い伝えで、髪にはその人の魂が宿るといいます。大事になさいませ。——では」

老婆が去った後、ドラークは改めて手の中に残されたものを見つめた。

ソフィアが自ら育て、調合したという薬。

そして、彼女が自分の髪で編んだという房飾り。

どれほど、あの美しい髪に触れたいと思っていたか。

ドラークにはこれまで、怖いものなどなかった。自分が何者なのか定かではないから、自分のものなど何ひとつないから、何かを奪われても怒りはないし、誰かが死んでも悲しくなかった。

今は、ソフィアと会えぬまま別れてしまうことが怖い。

もう一度会いたい。今も扉一枚隔てた場所にいるだろう彼女に。

大公がマルハレータとその婿に大公位を譲る腹づもりならば、いずれソフィアは廃嫡《はいちゃく》され、離宮に幽閉されるか、尼僧院へ入れられるかして、二度と日の目を見られないことになる。

ドラークはその日がくるまでに騎士として力を付け、功績を挙げて、褒美として彼女の処遇を任せてもらうことを願い出るつもりだった。

願いが叶えば、公女ではなくなったソフィアと城を出て行くことができる。

ドラークにとって、それは希望だった。生なかな戦功では足りないし、蜘蛛《くも》の糸をたぐるような細く頼りないものではあるが、たったひとつの光明だった。

震える手で房飾りを持ち上げ、額に押しつける。

しっとりと冷たく、滑らかで、柔らかな感触だった。

朝日が昇ろうとしていた。


南方での任務をそつなく終わらせたドラークは、息つく間もなく国内の要所要所に派遣されることになった。国境の視察、国賓の護衛、騎士団長の名代としての役目もあった。

たまたま西方に赴《おもむ》く機会ができたとき、運悪く父に呼び出され、約六年ぶりに一日だけ辺境伯領に里帰りせねばならなくなってしまった。

父はたびたび大公の城を訪れてはいるものの、ドラークの方が徹底的に対面を避けていたのだ。

ドラークを迎える使用人たちの様子が、以前とは全く違っていた。丁重すぎるほど丁重に父の執務室に通され、久方ぶりの父子の対面を果たした。

「おお……待ちかねたぞ」

父は記憶にあるより老けていた。年は五十にもならないはずなのに、自慢だった金髪には白いものが交じり、太ってたるんだ体つきは鍛錬を怠けていることを如実に表している。ドラークを迎えたときの表情も、以前にドラークに向けていたものとは全く違う。現金なものだとドラークは心の内で毒づいた。

「それで、ご用とは？」

ドラークが短く切り出す。

父は気まずげに、西方の国境の村で一揆《いっき》の兆《きざ》しがあると打ち明けた。

「領内に擁する戦力では有事に対応しきれないので、万一のときには大公に手助けをお願いしたいと。そういうことですね」

おそらく父は、大公におもねって宮廷中心の生活を続け、領地の統治をおろそかにしたあげく、騎士たちに離反されたに違いない。

「考えておきます。用件がそれだけなら失礼します」

言いながらドラークが踵を返しかけたとき、追いすがるような声で父が言った。

「おまえ、マルハレータさまにはきちんとお仕えしているのだろうな。もうすぐ婿をお決めになるという噂もあるが、何か聞いてはいないのか？」

マルハレータがどんな男を婿に迎えるかなど、かけらも興味がない。

「さあ。お相手が悪い方でなければいいとは思いますが」

それだけを言い残してドラークは父の部屋を去った。


その会談からたった三月の後、隣邦にある国境の村で農民たちの一揆が起こり、領主の城が取り囲まれるという騒ぎになった。父は派兵を求める知らせだけは速やかに寄越してきたので、都からドラークを含む騎士が赴いて鎮圧に乗り出した。

反乱は、政情不安定な大公国を狙った隣国の間者に扇動《せんどう》されたものだったので、ドラークは兵を率い、機に乗じて攻め込もうと待ち受けていた敵軍を殲滅《せんめつ》させた。その上、単騎で敵方に乗り込み、相手方の将軍を捕虜にすることもできた。

　この功績によって、ドラークは正騎士に叙任されて半年も経たないうちに騎士団長の跡目を継ぐよう言い渡されることになる。父が隠居して爵位を譲りたいとすり寄ってきたが一蹴した。都に帰ってきて驚いたのは、騎士団が反乱を鎮圧した功績が華々しく民に知らされており、熱狂的な歓迎を受けたことだった。

　大公が戦功を祝う宴《うたげ》を催すと決めたのは、ドラークが帰城したその日のことだった。

　宴に舞踏会だの、騎馬試合だのといった派手な催しは煩わしいだけだった。いつもマルハレータのお飾りよろしく背後に付き添わされ、その後に三人の騎士から嫌がらせを受けるまでがお約束だったからだ。しかし、今回だけは別だった。

　今回の宴は、大公がドラークに戦功の褒美を与える場になるはずだからだ。

　ドラークはどんな金銀財宝も地位も辞退して、大公にソフィアの身柄を任せてほしいと乞うつもりだった。

　宮廷では、そろそろ十八になるマルハレータの婿が決まるという噂もあった。ソフィアの命の期限も長くはないと言われていた。もう一刻の猶予もなく、機会もこの一度きりになると思われた。

　宴の日の朝は静かな雨だった。

　ドラークはいつものとおり庭園で花束を作り、短い手紙を書いてその根元に巻きつけた。

『今晩、宴を抜け出して会いに行きます』

大公に許しをもらったら、宴など中座して彼女のもとに飛んで行くのだ。

あなたをもらい受けると言ったら、ソフィアは驚くかもしれない。

妻になってほしいとまでは望まない。

彼女が、この魔窟《まくつ》のような城の寂しい廃宮から出て、ただ穏やかに暮らせるようにしてやりたい。夜の星の下でいいから、馬に乗り風を切って走る喜びを教えたい。

たとえ、許されるのがほんの僅かな時間だとしても。

5 暗転

ドラークのめざましい活躍の噂は、マルハレータを通じてソフィアのもとに詳《つまび》らかに届いていた。戦勝記念の宴では、ドラークの帰還と戦功を讃え、大公から直々に褒美が下されるという。

もちろんソフィアはその宴に参加することなどできないけれど、彼が危険な任務から無事に帰ってこられたことがとにかく嬉しかった。

そして、彼が城に滞在している間には必ず届けられる花束に、胸が膨らむような喜びを覚えていた。

宴の日の朝にソフィアが目覚めたとき、空は灰色で、静かな雨が降りしきっていた。

いつものように届けられた花束も、しっとりと濡れて雨露を輝かせていた。普段と違うのは、見覚えのない細く白い紙が花束に巻きつけられていたことだった。

ソフィアは、紙の帯を破れぬようにそっと解いた。その内側を見て、息が止まるほどの驚きに目を瞠る。

紙には、滲んだインクでこう綴られていた。

『今晩、宴を抜け出して会いに行きます』

それは何年経っても見間違えるはずもない、ドラークの字。彼からの初めての手紙だった。思いがけない伝言に、ソフィアの胸はどきどきと高鳴る。

ドラークを待っていていいのだろうか。誰かに見咎められでもしたら、彼が罰せられてしまうのではないか。せっかく華やかな戦績を挙げて帰ってきたばかりだというのに。

さまざまなことを思案しながら、ソフィアは隠しきれない本心に行き当たる。

彼の顔を見られるのなら、言葉を交わせるのなら、どんな用件だろうとかまわない。

ソフィアは一日中、いつもの機織りも手に付かず、かといってじっと座ってもいられず、部屋の中をそわそわと歩き回ってみたり、食事も喉を通らなかったりというありさまだった。

日が沈みはじめる時刻になってもなお、雨は止む気配を見せなかった。

しとしとという雨音の合間に、城の大広間で行われているだろう宴の喧噪《けんそう》が流れてくる。

これまでは、その音をひとり寂しく聞いていたけれど、今日は違う。

夜が待ち遠しい。こんなことは初めてかもしれなかった。

ソフィアは、たった一行の手紙を信じ、彼の訪れをひたすら待った。

日付が変わる時刻になっても、空が薄明かりに白みはじめても、待ち焦がれた人は姿を見せてはくれなかった。

長椅子に横たわったまま、一睡もできずに夜を明かしたソフィアは、足音が近づいてくる気配にはっと顔を上げた。

頬に張り付いた涙の跡を拭《ぬぐ》い、乱れた髪を撫でつけて最低限の身支度を調える。

足音は、明らかに彼のものではなかった。でも、ひとかけらの希望を捨て去ることができなかった。

ソフィアは長椅子から立ち上がって来客を迎える。

「お義母さま……」

入ってきたのはエデルミラと薬師の老婆だった。相変わらず年を取ることを忘れたかのように美しい義母の後ろで、老婆は黒い影のようだ。

「あなたに大切な話をしに来たの。素晴らしい知らせよ」

ソフィアは気もそぞろだったが、頷いて話の続きを待った。

昨晩、約束したのにドラークが来なかった。それ以上に悪い知らせなどないと思っていたのに、義母の言葉は何十倍もの重さでソフィアを苦しめることになった。

「マルハレータが婚約したの。相手は辺境伯家のドラークよ」

流れるようなエデルミラの言葉を、ソフィアは理解することができなかった。

彼女は嬉しげに滔々《とうとう》と続けた。

大公位の第一継承者である叔父ネルドラン公爵は、子を成せない身体であるため跡継ぎになることを辞退しており、引き続き宰相として宮廷に仕える。

第二順位を与えられている長子のソフィアは表向きは病弱という理由で排除される。

次女であるマルハレータの継承順位は第三順位と低いが、ドラークがネルドラン公爵家の養子となり、マルハレータと結婚することで大公と公爵の均衡をはかる。

ふたりの婚儀は一月後。それと前後して、ソフィアは父が急ぎ改修させているという離宮に移り、そこで療養することになる。

エデルミラの話は、かいつまむとそのような内容だった。

「彼はまだ若すぎるほどだけれど、出自も申し分ないし、先の戦いでの活躍が広く知られて強く国民の支持を受けているの。赤毛だけが玉に瑕《きず》だけれど、髪など染めればいいだけのこと」

ソフィアはおのれの額に手を当てた。

目の前が灰色に染まり、次に一面が真っ白になった。全身から血の気が引いていく。喉から空気が零れる音がして、次の瞬間にソフィアは気を失っていた。


時を遡《さかのぼ》る。

ソフィアの部屋に花束と手紙を届けたドラークは、城の中心部に戻るなり、息を切らして駆け寄ってきた侍女に捕まってしまった。マルハレータが急ぎの用件でドラークを探しているというのだ。

渋々と城の西翼にあるマルハレータの部屋に赴いたドラークは、たちまち大きな姿見の前に引き据えられ、お針子たちに囲まれてしまった。

「――これは何の騒ぎですか」

中年の女性たちがよってたかってドラークの簡素な衣装を剥ぎ取っていく。

不愉快さを押し隠しながらドラークが問うと、部屋の奥の長椅子に腰掛けていたマルハレータがゆったりと小さく笑った。

「今夜の宴のための衣装を大急ぎで作らせてるの」

マルハレータは、華やかな場で自分が最も美しく見えるよう、側に仕える者たちを意図して装わせていた。隣に侍る騎士は相応しく着飾らせ、背後に立つ侍女たちには自身を際立たせるため地味なお仕着せを着ることを強いるのだ。

　それは仕える者たちを支配するマルハレータの手管のひとつだった。騎士たちは与えられる衣装の格で競い合い、侍女たちは不満げにしながらも決してマルハレータに逆らえない。ドラークも既に、捨てたいほどの量の衣装を持てあましていた。

「礼装なら間に合っています」

　シャツまで脱がされそうになって、ドラークは眉根を寄せながら短く答えた。

「今日はおまえが主役の特別な宴なのよ。私の衣装もわざわざ合わせて作らせたんだから」

　そう言ってマルハレータが視線を流した先に、翡翠色の絹に金糸をふんだんに使ったドレスが掛かっている。お針子が同じ緑色の布で作られた男物の上着を抱え上げ、立ち上がったマルハレータに恭しく差し出した。

　マルハレータは不躾《ぶしつけ》なほどの距離まで歩み寄ってくると、その上着をドラークの上体にぴったりと合わせて見せた。

「ほら、思った通り。おまえの目と同じ色が、髪によく似合うわ」

　お針子と侍女たちが口々に、ご立派ですわ、見事なお見立てです、などと追従している。

　ドラークは姿見に映る自分を一瞥し、奥歯を噛みしめた。

　混じりけのない輝くような金髪は父にそっくりだが、薬で変えられた紛いものだ。毎朝顔を洗うたびに目にしても決して見慣れることはない。翡翠色の目には陰鬱《いんうつ》な光が浮かび、生気のかけらもなかった。

(どこが似合って立派なものか)

マルハレータは、ドラークが生来の赤毛であることも、この髪を見て『赤毛を側に置くなんて正気ではない』と言ったこともすっかり忘れてしまっているのではないだろうか。

ただ見栄えがいいからというだけの理由で家臣に偽りの姿を強い続け、着せ替え人形のように飾り立てて悦に入る様子には反吐《へど》が出そうだ。

「いいこと、夕方までに必ず間に合わせて頂戴。今日はドラークの手柄を讃える素晴らしい夜になるのだから」

マルハレータがお針子たちに向かって微笑む。

ドラークはそのやりとりを冷めた心地で聞いた。

犬のように従順にしているのはマルハレータや大公たちに心を捧げたからではない。手柄を立てたのも彼らのためではない。生きていることすら、たったひとりの人にもう一度会うためなのだ。

姿見の前に立たされ、ドラークは女たちのされるがままになる。ああでもないこうでもないというマルハレータとお針子たちの口やかましい会話を思考から締め出し、じっと目を瞑った。

ソフィアと廃宮にいたときは、両親に忌み嫌われていた赤毛がむしろ誇らしかった。

彼女を見ているときの自分の目は、幼い子どもが子猫を見つめるような甘さと、敬虔《けいけん》な僧が礼拝堂で祈りを捧げているときの崇敬《すうけい》を同時に浮かべていたと思う。

自分の人生で幸せと呼べたのはあのときだけだ。

マルハレータのお飾りでいることを強いられていたこの六年ほどの間、心の内に守り続けてきた矜持《きょうじ》はひとつだけ。

それは自分がソフィアだけの騎士であるということ。

心は彼女だけに支配されているということ。

彼女は誰かに何かを命じて思い通りに動かそうとしたり、ましてや自分の見栄えを良くするために見た目を変えさせたりしない。支配欲を満たすために気まぐれで人を振り回したりしない。

相手に言葉をかけ、微笑み、時には触れて、先に自分の心を開こうとする。

だからドラークは彼女のために変わりたいと、従いたいと思うのだ。

自分には地位も身分も足りなくて、同じ城の中にいる彼女を守るどころか、会うことも話すことも許されはしなかった。

でも、そんな焦燥に胸を灼《や》かれる日々も、もうすぐこの手で終えてやる。

そう思い、ドラークは苦痛きわまりない時間を何とか耐え忍んだ。

衣装が大急ぎで仕立てられ、ぎりぎりになって完成するや否や、ドラークは髪と衣装を整えられて宴の会場である大食堂に引っ張り出された。

無数の燭台で明るく染め上げられた大食堂の中央に長卓が配置されている。その中央が大公夫妻とマルハレータの席と決められており、彼らの向かいが主賓の椅子になる。

この宴が戦勝を讃えるものだとすれば、その三つの席の中央には騎士団長が腰掛けることになるはずだった。しかし、騎士団長は脇の椅子に座っており、残りのふたつは空いていた。

侍従がドラークを中央に導き、その隣に思いもかけない人物を呼んでくる。

ドラークの父である辺境伯だった。この戦にはお世辞にも何の貢献もしていない、ただドラークの父親というだけの男。

大公夫妻とマルハレータが遅れて到着し、乾杯とともに宴が始まった。

見たこともないほど上機嫌な父が大公たちと浮ついた会話を交わしている。ドラークのもとには次々と有力貴族が訪れ、酒がまずくなるような美辞麗句を並べ立てて戦功を讃えた。その様子をどこか誇らしげにマルハレータが見守っており、居心地が悪いことこの上ない。

ドラークは大公に話しかける機会を探った。ひっきりなしにやって来る貴族たちを撒《ま》かねばと思うが、大公の方も杯を重ねに重ね続け、話しかける隙もない。

酒と料理の味もろくにわからぬまま晩餐が終わり、人々は引き続き開催される舞踏会のために隣のホールに移動しはじめる。ドラークは人の波に逆らって、ようやく大公に近づいた。

「大公殿下。少しお話ししたいことが」

したたかに酔った様子の大公は、ドラークに気づいて大口を開けて笑った。

「おお、なんだ。何でも話すといい」

「厚かましいことではありますが、殿下にお伺いしたいことがございます。ソフィアさまの――」

その名を聞いた途端、大公の赤ら顔が醜《みにく》く歪んだ。名を聞くことさえ不愉快とでもいうようなその表情に、ドラークの心の臓は凍り付いたようになる。

「このめでたい席で、私の目の前で、忌まわしい名を口にするな。あれはもうすぐ用済みになる」

ろれつの回らぬ口で大公はぶつぶつと続けた。

「こたびの戦の褒賞のことなら、おまえにはこの上なく素晴らしい褒美を用意している。そうだ、もうそろそろ公表してもいい頃合いだ」

大公は加減のない力強さでドラークの背に腕を回し、肩を叩いた。

「皆、聞いてくれ！」

酔っ払い特有のひび割れた大声が大食堂に響き渡る。

川を泳ぐ魚の群れのようにホールに流れていた人々が立ち止まる。

彼らの目が一斉にこちらを向くのを確かめて、大公はドラークの肩をぐっと近くに引き寄せた。

「この青年を、辺境伯家のドラークを、マルハレータと娶《めあわ》せることにする!」

ドラークはおのれの耳を疑った。

割れんばかりの喝采《かっさい》が遠くに聞こえた。父の嬉しそうな声と、すり寄ってくるマルハレータの甘ったるい囁きも、もはや耳には届かなかった。

ソフィアが目を開けると、寝台の天蓋が見えた。部屋の中は暗かった。

まだ夜は明けていないのかもしれない。

義母が悲しい知らせをもたらしたのは、きっと悪い夢だったのだ。ドラークはこれからソフィアを訪ねてきてくれるに違いない。

ソフィアは安堵のため息をつき、火傷の残る手の甲で額の汗を拭う。左手の手袋が外れていた。

「――経過は順調なの？」

潜められた女の声だった。

高慢で冷たい響きがあったが、ソフィアのよく知る人のものだった。

「もしも間違いがあったら、大公殿下がただではおかなくてよ」

エデルミラは誰かに何か言いつけているようだった。

「万事、予定どおりでございます」

硬い声で答えたのは老婆だった。

「そう。じゃあ、彼を探して契約について説明してきて頂戴。そのあとはいつものようにわたくしの部屋に」

老婆は頷いて、そのまま部屋から下がっていったようだった。

このふたりが直接に言葉を交わしているのを聞くのは初めてのことだった。会話はソフィアの容態に関するもののようだ。こんなに簡単に失神してしまうのに、回復が順調だとでも言うのだろうか。

ソフィアは自分の喉をそっと押さえる。

エデルミラが寝台に近づいてくる気配があった。

ソフィアはぎゅっと目を瞑り、眠っているふりをした。

彼女はゆっくりと歩み寄ってきて、ソフィアの枕元に立つ。静かにその手が伸びてきて、ソフィアの頭を撫でた。ぞっとするほど冷たい指先だった。

「……お姉さまに瓜二つ」

細い指がソフィアの銀髪を掬い上げる。

「かわいそうなソフィア。でも、苦しいのももう少しだけよ――」

その囁きとともに、彼女の手は離れていった。氷のような肌とは裏腹に、囁きは糖蜜《とうみつ》菓子のように甘かった。

柔らかな足音が遠ざかり、扉が開いて静かに閉まった。

ソフィアはまぶたを上げて身を起こす。窓の外の景色が見えた。

手が震え、目の前が真っ暗になったけれど、ソフィアは気を失うことはなかった。

朝は確かに廃宮に訪れていた。

ドラークが来なかったことも、エデルミラの言葉も、もう夢なのだと思うことはできなかった。


その日の明け方、ソフィアが廃宮の寝台の上でうなされていた頃。

ドラークは長引いていた宴から隙を突いて抜け出し、ひとりで城の廊下を歩いていた。

昨晩までドラークの胸を一杯にしていたソフィアとの再会への希望は潰《つい》え、深い後悔だけが虚しい心を支配していた。

大公がマルハレータとドラークを婚約させると高らかに宣言した後、その場は歓喜とも驚倒《きょうとう》ともつかない喝采とざわめきに沸き返った。

ドラークは大公に追いすがり、待ってほしい、考え直してほしいと懇願した。大公はその声が聞こえないかのように、舞踏会では片時も離れずマルハレータと踊るよう命じてきた。マルハレータが、揃いの衣装を着た自分とドラークが注目されることに腐心《ふしん》し、大公にそうねだったのだろう。

もちろんマルハレータも、大公妃も、そしてドラークの父までもがこの筋書きを承知していた。知らなかったのはドラークひとりだけ。とんだ茶番劇だった。

ドラークは回廊の中ほどで足を止め、白みはじめた空を見上げた。静かに降りしきっていた雨は上がり、空を覆っていた灰色の雲は夜の気配とともに朝日に打ち払われてしまいそうだ。

そのまぶしさに目を眇《すが》め、ドラークは両手で頭を抱えた。

身を飾る緑色の上着が忌まわしいほど重く感じられる。

よくよく考えてみれば、こんなものを着せられそうになったときから、遅くとも宴の席で隣に父を見つけたときから、この事態に気づくべきだったのかもしれない。

ドラークは上着を汚らわしいもののように脱ぎ捨てた。

マルハレータのドレスと揃いのような礼装。

　ドラークの荒れた心中を知ってか知らずか、うっとりと踊っていたマルハレータ。

　屈辱に満ちた華やかな宴の一部始終を思い起こし、ドラークは礼装用の手袋に血が滲むほど強く拳を握った。

こんなことになるはずではなかった。

今頃はソフィアの部屋で、彼女と語らっているはずだったのに。

どんな顔をして会いに行けばいいのか。長い長い宴の間に、マルハレータとドラークが婚約したという発表は城中の人々――それこそ、末端の使用人たちにまで広がってしまっただろう。

たとえまだソフィアが知らなくとも、いずれ誰かの口から聞かされるだろう。その前にドラーク自身が打ち明けてしまった方がいいのだろうか。

(あなたの妹と婚約しました、とでも?)

ソフィアは、そんなことを告げるために自分が会いに来たと思うだろうか。

そうじゃないと弁解して、ふたりで城を出る算段をつけようか。たとえ彼女が望まなくても、あの廃宮から連れ去って、人目を避け、どこか遠くに落ち着けるところを見つけて。

(駄目だ。あのときと同じだ)

ドラークは自分の無力さに絶望する。

ソフィアと引き離された十五歳の春の日。ドラークにはあのときと同じように、ふたりで逃げ出すという方法しか見つけられない。それではソフィアの命を縮めるだけ。彼女を不幸にしてしまうだけだ。

正騎士になって手柄を立て、ひとかどの男になれたような気になっていたのに、実際の自分には全く成長がない。得られたものも何もない。ソフィアと引き離され、苦汁を舐めて過ごした六年間のすべてが音を立てて崩れていくような気持ちになる。

ふと人の気配を感じ、ドラークは顔を上げた。

立ち止まって俯いていたので、取り囲まれているのに気づくのが遅れたのだ。

前方にふたり、後方にひとり。こんな現れ方をする男たちにドラークは十分すぎるほど心当たりがあった。ドラークの婚約発表と引き替えに大公からお役御免を言い渡された、マルハレータに仕えていた騎士たちだ。

前方のふたりの片割れはじっと据わった目でドラークを見つめてくる。

「——いったいどんな手を使ったんだ？　たかが国境争いの鎮圧くらいの手柄で、マルハレータさまと婚約するなんて厚かましいにもほどがある」

そう毒づく騎士を、隣に立つ男が肘《ひじ》で小突いて制した。

「そう言うなよ。……なあ、ドラーク」

揉《も》み手でもしかねないほど気味の悪い笑みを浮かべ、親しげに呼びかけてくる。

「これまで一緒にやってきた仲だろう？　何とか俺たちが城に残れるよう口添えしてくれないか。このままじゃあ領地に戻ってもいい恥晒しだ。あんまりだろ？」

ドラークは、マルハレータの我儘に付き合わされて右往左往し、それでも女主人に媚《こ》び続ける彼らのことを犬のようだと心の底から軽蔑していた。だが、犬の中の犬に選ばれたのは他ならぬ自分自身だった。

ドラークは歯噛みし、好き勝手言い散らかす騎士たちのやりとりを黙って聞いている。くだらない連中に付き合っている暇はない。

無言で踵を返したドラークの前に、最後のひとりが無言で立ちふさがった。

城に上がった日に、ドラークの赤毛を目ざとく見抜き、公衆の面前で水を被らせた男だ。三人の中では最も有力な侯爵家の嫡男だが、叙任式の夜に行われた騎馬試合でドラークに完膚なきまでに敗北した日から、マルハレータは彼のことをいない者のように扱っていた。その鬱憤《うっぷん》は絶えずドラークに向けられた。

「おまえ、本気でマルハレータさまの婿になれるとでも思ってるのか？　忌まわしい赤毛で、身体に汚い火傷まであるおまえが。――知ってるんだぞ。おまえが毎朝こそこそどこに行ってるか」

最後の一言にドラークはぴくりと眉を動かした。

「廃宮の公女さまに会いに行ってるんだろ。大公殿下の血を引いてるかどうかもわからない、売女《ばいた》の娘にまで媚びへつらうなんて俺には到底真似できないよ」

反応を見せないのをいいことに、彼の口ぶりは激しいものになっていった。

これまでドラークは彼のことを三人の中の首領格だとみなし、家格が高く最も悪知恵の働く相手だと思っていたが、どうやら違ったようだ。

先のふたりが保身を考え形ばかりでも謙《へりくだ》る様子を見せているのに対して、この男は敵愾《てきがい》心《しん》をむき出しにドラークに対抗してくるばかり。よほど積怨《せきえん》が深いのだろう。

「惨めな除《の》け者同士、おまえにはあっちの公女さまのほうがお似合いだ。でも、マルハレータさまはどうお思いになるだろうな？」

ドラークが黙っていたのは、虚を衝かれたからでも、相手の話に聞き入っていたからでもなかった。

ソフィアを侮辱されたことに、言葉にできないほどの憤激《ふんげき》を覚えていたからだ。

「このことを大公殿下かマルハレータさまに進言してやろうか。そうしたら、おまえを婿にする気持ちもたちまち失せるかもしれない。ばらされたくないだろ。それなら——」

ドラークは言い募る男に無言で近づいて、その横っ面に左の拳を打ち込んだ。

胴体が崩れて地面にへばりつく前に、右膝を鳩尾《みぞおち》に叩き込む。相手は蛙《かえる》のようなうめき声をあげ、胃の中のものを吐きながら牛のように横倒れになった。

ドラークが彼らの嫌がらせに対して直接的な抵抗を見せるのは初めてだった。

鍛錬を怠《おこた》り、体術も剣もなまった騎士など相手にする意味もないと思っていたからだ。

「――言われたくないなら、何だ？　今のおまえみたいに、地面に這いつくばってみせろとでも？　それとも、ここを潰《つぶ》してくださいとでも？」

ドラークは底冷えするような声で問いかけながら、男の喉をつま先で撫で上げてやる。

反吐で口元を汚したまま、男は怯えきった目でドラークを見上げてきた。

ドラークが靴先にぐっと力を入れた瞬間だった。

「おやめなさい」

女の声が回廊に響き渡った。

ドラークは目線だけでその声の主を追う。

回廊の奥に黒ずくめの外套の老婆が立っていた。

その隙を突いてふたりの騎士は脱兎《だっと》のごとく駆け去り、足下に倒れていた最後のひとりもふらふらとその後を追いかけていった。

ドラークはひどく苦しい気分で目線を上げる。

「なぜ止めた？」

「あなたが、手に掛ける価値もない相手を殺してしまいそうだったので」

老婆が静かに近づいてきて言った。

「あなたを探していました。お話ししなければならないことがあります」

ドラークは力なく首を振り、吐き捨てた。

「俺にはない」

「大公殿下と妃殿下のご命令です。あなたがマルハレータさまの婿になるのなら、必ず交わさねばならない約束についての話です」

老婆の怯《ひる》まぬ態度に無性に苛立ちを覚え、ドラークは足下で泥水を吸っている手袋を踏みにじった。

「それなら、なおのこと聞きたくない」

ドラークはかつて、この老婆にソフィアの容態を尋ねたことがあった。

老婆は、ソフィアの命は長くないのかという問いかけに、戦功を立てて大公に話を請うてみろと答えたのだ。その言葉を信じた自分が愚かだったのか。

「あなたはソフィアさまを守りたいのですね」

ドラークは老婆に胡乱《うろん》な視線を向けた。

「あなたがマルハレータさまと結婚し、大公殿下の世継ぎとして私と契約するのなら、ソフィアさまをお助けする方法を教えることができます」

ドラークはフードの陰になった老婆の顔をまじまじと見つめた。嘘を言っているようには見えないが、信じることもできなかった。

「馬鹿げたことを――、それでは何の意味もない」

ドラークの返答に、老婆は小さく苦笑する。

そして、ふわりと黒い外套を翻した。

「ついておいでなさい。半刻後には、あなたの考えは変わっているはずですから」

老婆に導かれ、ドラークは城の東翼を進んだ。城内の構造を把握しているドラークだったが、足を踏み入れることのできない場所もある。

人目につかぬ使用人用の廊下を通り過ぎ、ドラークがやって来たのは城主である大公夫妻が住まう一角。それも、大公妃エデルミラの居室の入り口だった。

老婆は口元で人差し指を立てた。

「ここから先は声を立てないでくださいませ。何を聞いたとしても」

そう言って老婆が静かに控えの間に続く扉を開けた。暗い部屋の壁面には棚が設えてあり、さまざまな形の小壜が並び、乳鉢や乳棒、鍋といった調薬の道具が一式揃えられていた。老婆は手慣れた様子で杯に薬湯を用意しながら、嗅ぎ馴れぬ薬草の匂いに眉を顰める
ドラークに、ここに姿を隠しているよう言い含めた。

老婆が居室に続く扉を叩くが、中から返答はない。それが常のようで、老婆は扉の向こうに消え、扉は半開きのままにされた。

ドラークの立ち位置からは衝立《ついたて》が邪魔になり室内を窺うことはできない。しかし、老婆

の話し声ははっきりと漏れ聞こえてきた。

「お言いつけどおり、あの青年を説得してまいりました。初めは戸惑っておりましたが、最後には契約を了承しました」

「――そう。わたくしの見込みどおりだったでしょう」

酔っているのか、歌うような声で言ったのはエデルミラだった。

「おまえは彼が若すぎると言ったけれど、わたくしは一目見たときからマルハレータの婿にしたいと思っていたわ。あの赤毛さえなければ理想の婿だと。おまえの薬がなければ宮廷では生きていけない可愛い飼い犬よ」

高慢さを隠さない話しぶりは、これまでドラークが聞いたことのないものだった。

これまでドラークに見せていた、優美で洗練された貴婦人の姿ではない。人が変わったように驕慢《きょうまん》な態度は相手が老婆だから見せているのか、あるいはこれが彼女の素顔なのか。

「他の三人の婿候補とは格が違っていた。初めの一年をあの娘のもとで過ごさせるなんて、勿体《もったい》ないことをしてしまったわ。――それにしても」

エデルミラは何かを思い出したようにくぐもった笑いを洩《も》らす。彼女は今、幸福の絶頂にいるような上機嫌さだった。

「おまえも見たでしょう？　マルハレータの婚約を伝えたときのソフィアの顔といったら！　あのときのお姉さまの表情とそっくり同じだった。大公殿下に求婚されて、ネルドラン公爵と別れさせられたときのお姉さまと」

エデルミラはくつくつと不快な笑い声を響かせる。

「ああいうときに人は絶望するものなのね。ふたりともわたくしの差し金とも知らないで、涙をこらえる様子がいじましかったわ」

ソフィアのもとを離れた後、ドラークも過去の噂を耳にしたことがあった。

亡き前大公妃とネルドラン公爵は、両家の合意のもと婚約寸前まで縁談を進められていた深い間柄だった。しかし、弟の思い人に横恋慕《よこれんぼ》した大公のために、婚約話は立ち消えてしまったという。

あまりに人の口の端にのぼりすぎ、すり切れ、飽きられてしまった噂話のひとつだ。

ソフィアは知らなかったはずだ。ばあやが彼女の耳に入れるはずもない。

「妃殿下もお人が悪うございます」

老婆がおもねるように軽口を利いた。

「何がいけないの。生まれた順序でいけば本当はわたくしが姉なのよ。なのに、母の出自が卑しいからと言って蔑まれ続けて、父の正妻が死ななければ一生日陰の身でいなければならないところだった。母が後妻になった後も体面のために妹ということにされて、周囲があの女ばかりちやほやするのを横目で見なければならなかった」

あの女、とはソフィアの母のことを言っていた。エデルミラはソフィアの母と腹違いで、妾の娘だったということらしい。

「何もかもに恵まれて育って、人を疑うことを知らなかった女。あの女がふたりに見初められたのは、正妻の娘で、長女で、生まれたときから貴婦人教育を受けていたから、ただそれだけよ。わたくしの母が初めから父と結婚していたら、何もかもすべてわたくしのものになるはずだった。なのに、あの女ったら大公妃になる機会を捨ててその弟と結婚しようというのだもの」

扇を閉じたり開いたりする微かな音。落ち着かない様子でエデルミラは滔々と語った。

「殿下だって、先にお生まれになった人に何もかも手にする権利があるはずと言って差し上げたら大喜びなさっていたもの。わたくしも、あの女には分不相応な地位をもらってあげただけよ。力があって策謀に長けている者が生き残るのは当然でしょ？　おまえの妹はどちらも足りなかったようね。あの女を排除する役には立ってくれたけれど」

エデルミラがさらりと口にした事実に、ドラークは戦慄した。

今、エデルミラは実の姉を排除したと、つまり殺したと口にした。ソフィアの母はソフィアを産み落とし、産褥《さんじょく》の床で死んだということになっているが、実際にはひっそりと暗殺されたということだろう。

老婆は苦笑を零し、エデルミラに手にした薬湯を差し出したようだった。

「そのことには感謝しております。妃殿下が妹を始末してくださらなければ、私は今こうして生きてはおりませんもの」

ドラークは目を瞠り、耳を欹《そばだ》てる。

「おまえたちのような一族の間でも、兄弟姉妹での争いはあるものなのね。長の座を奪い合って殺し合うなんて、この大公家の歴史そっくり」

ふたりの会話はどんどん進んでいく。

「いいえ、おまえたちを庇護していたからこそ、血みどろの謀《はかりごと》がはびこっていたのね。でも、もう一族はおまえが最後のひとり。惜しいことだけど、最後まで大公家のために力を尽くしてもらうわ。あの青年なら、もしも大公殿下に万一のことがあってもわたくしたちの言いなりになるのだから」

自分の存在に言及され、ドラークは胸の底が凍るような心地を覚えた。

以前、老婆が、自分は大公とその世継ぎの命令しか聞けないのだと話していた。おそらく、男性でなければならないという制約があるのだろう。マルハレータにへたな婿を迎えれば、老婆の力をおのれのために利用するから、都合良く操れる婿が必要ということなのだ。隣国の王子や公子ではなく、出自が低く立場の弱いドラークはうってつけだろう。

「あの娘を生かしておかなくてはいけないのも、あと少しだけ。あの娘が呪われて死んで初めて、わたくしの胸はすっきりと晴れる気がするわ。おまえ、しっかりおやり」

信じがたい話を次々と聞かされ、思考は混乱を極めた。ドラークの手足は堪えがたい怒りに震え、それ以上の会話は耳に入らなくなった。

はっとしたのは、戻ってきた老婆に腕を摑まれたからだ。人気《ひとけ》のない場所に連れ出され、ようやくドラークは我に返った。

「すべて聞こえていましたね？」

落ち着き払った老婆の声に、ドラークは突き上げる憤《いきどお》りをこらえながら問い返す。

「おまえがソフィアさまを呪っているというのか。おまえがあの方を害する実行犯だというのなら、ここで殺せばすべて済むのか」

殺気を滲ませたドラークの問いに、老婆は怯むでもなく首を振った。

「大公家の全員が死んだとしても？」

もしも老婆が頷いたなら、ドラークは今すぐにでもひとりずつを手に掛けただろう。しかし、老婆はもう一度静かに否定した。

つまり、どんなにドラークが騎士として力をつけようが、大公家の権力と、大公家に操られる老婆の術には勝つことができないのだ。

ドラークが思いつく限りのどんな手を尽くしてもすべてが無駄に終わってしまうだけ。ドラークは、とことん自分の無力さを思い知らされた。

「マルハレータと結婚しておまえと契約すれば、おまえに命令できる権限を得られるんだな？」

ドラークは喉を絞り、死人の呻《うめ》きのように問いかけた。

老婆は顎を引き、深く頷く。

「あなたにまだお教えできないこともあります。ソフィアさまのお母君がどうやって亡くなったか、ソフィアさまの呪いがどういうものなのか。あなたが大公の後継者として私と契約を交わせばそれもお話しできるでしょう」

選ぶ道はひとつしかなかった。

引き返すことも、他の道を行くことも、もうできない。


翌日、ドラークは進んで大公に、養父となるネルドラン公爵に会わせてほしいと乞い、その執務室に連れて行かれた。

公爵はドラークを養子に迎えることを承知しているということだった。

初めて間近で彼の面相を認めたドラークは、しばらく言葉をなくした。

公爵は大公のひとつ年下なので、年齢からいえば四十過ぎの壮年のはずだ。けれど、二十代半ばで彼に取り付いた病魔が、宮廷の女性たちの憧れを集めていたその風貌を大きく変えた。白皙《はくせき》と褒め称えられたその額から頬の半ばまでが瘢痕《はんこん》に覆われたばかりか、身体機能にも惨い後遺症をもたらし、子どもが望めぬ身体になった。それが公爵がいまだに独り身を貫いている理由だという。

大公と彼は、幼い頃から、両親にすら『生まれる順序が逆ならよかったのに』と言われた兄弟だったという。学問でも武芸でも、容貌でも人望でも、何もかも公爵のほうが勝っていたらしい。その関係を逆転したのが、ソフィアの母との結婚だった。

公爵は苦く笑ってみせた。

「この顔が恐ろしいかね」

彼の風貌はこの宮廷で周知の事実だったから、あえて誰も口にしなかったのだ。しかし、その声には理知の響きがあり、瞳は澄みわたって輝いていた。会うより前から薄々は感じていたことだが、この男は大公家の誰とも違っていた。

恐ろしい病魔も、明晰《めいせき》と謳《うた》われた頭脳まで冒すことはできなかったらしい。公爵は自身の領地経営を信頼できる部下に任せ、この十五年以上、大公に代わってこの国の政を取り仕切ってきた。

「十八年前、大病を患った後遺症だよ。――そのせいで、君は私の養子にならねばならないらしいね。一介の騎士が大公家の姫君に見初められて結婚とは、英雄譚《えいゆうたん》のようだな」

彼は皮肉っぽく笑って、ドラークに椅子に掛けるよう勧めた。

ドラークは彼に真正面から対峙したまま動かなかった。

声以外は全く兄と似ていない。

それが、ドラークがその男に抱いた印象だった。

初対面の彼に取引を持ちかけるのは大きな賭だったが、必ず協力を取り付けられるという確信があった。

「――俺にはそのつもりはありません。だが、あなたに協力していただきたいことがあります」

その申し出に彼はちょっと面食らったようだった。

「どういうことだね？」

「ソフィアさまのことです」

その名をドラークが口にした途端に、彼の目がすっと冷えた。

「私にどんな協力ができると？」

「あなたは、あの方の母君と懇意にされていたとか」

公爵は目を逸らすと、椅子に深々と腰掛けて足を組んだ。

公爵とソフィアの母は、少しの身分の差はあれど、とても似合いと褒めそやされていたそうだ。ソフィアの祖父は喜び勇んで縁談をまとめようとし、大寺院に頼んで挙式の日取りまで決めてもらうほどだったという。後に娘の結婚相手が大公に挿げ替《すげか》わろうとは思いもせずに。

「昔のことだ」

　この男が頑なにソフィアの前に姿を見せなかったのは、へたに接触して大公の不審を買うことを避けるためだったのだろう。ソフィアのばあやが公爵とは一切面識がないと話していたのはおそらく嘘だ。ソフィアのためにあえて繋がりを絶っていたのだろう。

「しかし、あなたはソフィアさまを大切に思っていらっしゃる」

「君が、私の何を知っているというんだ」

　彼とソフィアの母との間に何があったのかなんて、知るよしもないことを突き止めるつもりはなかった。ただ、ドラークは確信を持って唇を開いた。

「あなたがソフィアさまに贈られていた本です。あの方を教養深く立派な貴婦人に育てるという意図を感じました」

　ソフィアがドラークとともに読み解いていた公爵の本は、政治、宗教、芸術といった多岐の分野にわたり、しかもソフィアの理解の度合いに合わせてより豊かな内容になっていった。

　僧院で無秩序にばらばらの学術の基礎を叩き込まれたドラークには、理想のような導き方に思えたものだ。

　そう訴えたドラークに、彼は少し目を丸くした。

「……それで、君もまた、あの方を大切に思っていると」

ドラークは顎を引き、深く頷いた。

「ではなぜ、マルハレータの婿になろうとする？　それがあの方のためなのかね」

核心をついた問いだった。

ドラークは公妃と老婆から聞かされた、ソフィアが大公の命令で老婆に呪いをかけられているという事実を打ち明けた。公爵は真摯にドラークの話に聞き入り、深夜にまで及ぶ密談の結果、できる限りの協力を約束してくれた。

ドラークはその日以来、マルハレータに対する態度をがらりと変えた。彼女に笑いかけ、機嫌を取り、ひたすら彼女を慕っているような素振りを見せた。着飾らされることも華やかな席に同道することも厭わず、従順に仕えた。大公夫妻はそのさまを微笑ましく見守り、宮廷の人々は四人の様子を理想的な家族だと褒め称えた。

すべては誰にも気取られぬように進んでいた。

ソフィア本人にすら知られぬように。

ソフィアの出立は、マルハレータの婚儀の夜だった。

その日はソフィアたちの十八の誕生日でもあった。

　この一月《ひとつき》の間、暖かい陽気も花々の芳香も届かない廃宮で、ソフィアはばあやとともに城を出る支度《したく》を進めていた。

　もともとあまり持ち物が多かったわけではない上、エデルミラからは、生活に必要なものはほとんど離宮に揃っていると言ってもらっていた。ふたりの荷造りはあっという間に終わり、手持ちぶさたのままその日が来るのを待つだけになった。

　この国にとっては二重に素晴らしくめでたい日の空は、重くどす黒い雲に覆われていた。大寺院での婚儀が始まる時刻に大粒の雨が降りだし、いまだに止む気配を見せない。

　窓硝子を打つ雨のしずくを見つめながら、ソフィアは深い物思いに耽《ふけ》る。

　もしも初めてこの城を出ることがあるのなら、ドラークにグライス号に乗せてもらって出かけるため。愚かで幼かったソフィアは長いことそう信じていた。

　決して、彼と離れて永遠にここを去るのではなく。

　ドラークがマルハレータの夫になるという事実は、ソフィアの心を打ちのめすと同時に、まるで生まれつき決まっていたことのようにすんなりと胸に忍び込んできた。

　この縁談はドラークと辺境伯家にとって願ってもない話のはずだ。幼い頃不遇に過ごしていたドラークが、若くして大公の愛娘の夫になり、いずれは妻と共に国主の地位に就く。おとぎ話のおしまいのような結末だ。

　ドラークにその地位と名誉を与えてあげられるのはマルハレータしかいない。父が六年前に言ったとおり、ドラークはマルハレータの側で強く立派な騎士となり、立身出世の機会に恵まれ、のし上がってすべてを手に入れた。ソフィアの側にいたのでは永遠に叶わないことだった。

それに、マルハレータは宮廷の華とも呼ばれるほどの美貌の持ち主で、少し我儘だけれども愛嬌のある天真爛漫な性格をしている。何より、生まれてから病気ひとつしたことのないほど健やかだから、元気な子どもを産むだろう。この国の世継ぎとなる子どもを。

マルハレータとソフィアは、彼と対面したときそれぞれ全く違う反応をした。よく考えれば、ふたりとも彼から他の人にはない強烈な印象を受けていたのだ。マルハレータが父にドラークを側に置きたいとねだり、婿にまでしたいと言ったのは当然のことかもしれない。

誰もに愛される美しい異母妹に熱烈に望まれて、どうして愛し返さずにいられるだろう。婚約したあとのふたりは、常に公の場に揃って現れ、周囲の誰もが羨むほど仲睦まじい様子を見せているという。

彼女の境遇と自分の寂しい身の上を引き比べることすらおこがましい。

早く、継母の寄越してくれるという迎えが来ればいい。出かける支度はとうにできていて、後は雨よけの外套をまとうだけだ。

もうドラークとの思い出が残るここにいたくはない。

これ以上この場所にいたら、ようやっと保っている、ドラークに幸せになってほしいという気持ちが醜く壊れてしまいそうだ。

ソフィアは黒く塗りつぶされたような窓の外を見つめながら、ぎゅっと胸元で拳を握る。

その手の中には、五年半ぶりに再会した日の翌朝にドラークが花束と共に届けてくれた、馬毛の房飾りがある。

手放したくはなかった。これだけが彼がソフィアに関わってくれた証しだからだ。

でも、置いていかなくてはならないだろう。返すあてなどないのだ。せめて最後に一目だけ彼に会えたらと思うけれど、二度とそんなことが許されはしないということもわかっている。

それにしても、お返しに自分の髪で編んだ房飾りを渡すなんて、あのときのソフィアはなんて厚かましい、気持ちの悪い真似《まね》をしてしまったのだろう。彼はきっとあれを捨てるか焼くかしてしまったはずだ。もしまだ手元に残っているのなら、ソフィアが自分で地面に穴を掘って埋めてしまいたいくらいだった。

灰色の毛のしなやかな手触りを確かめ、右手の中に握り込む。

そのとき、突然に外から扉が叩かれた。

ソフィアはどきりとして顔を上げる。

音もなく入ってきたのは、訪れるはずのエデルミラの使いではなかった。

ずぶ濡れの黒い外套を被った薬師の老婆だった。

「――おばあさん？」

声をかけたソフィアに彼女は答えなかった。フードに隠れ、その表情も見えない。

その代わり、彼女は足下を雨のしずくで濡らしながら幽鬼《ゆうき》のように近づいてくる。

怪しんだばあやが彼女の行く手を遮ろうとした。けれど、老婆に手で制され、凍り付いたように動かなくなる。

老婆は嗄《か》れた声で言った。

「ソフィアさま。どうかそこを動かないでくださいませ」

彼女の木の枝のように痩《や》せた左手が伸びてきて、ソフィアの左手を摑んだ。その指が焼け付くような熱さだったので、ソフィアは思わず腕を引っ込めかけたが、叶わなかった。

老婆はソフィアの手首を捕らえたまま、逆の手で手袋を引き抜く。

傷痕に直に触れられると、ひりつくような痛みが走った。

「何をするの――？」

ソフィアの怯えた問いかけに答えはなく、次の瞬間、火傷が氷のように冷たくなった。

まるで呪いか何かのようだ。

自分はここで死ぬのだろうか。そんな突拍子もない考えが脳裏をよぎる。

ソフィアは恐怖に顔を歪めかけ、しかし、一瞬の後に強張った全身から力を抜いた。

どうせ、死んだように生きてきた自分だった。

誰の血筋かもわからず、民の役にも立てず、たったひとつ生きていく甲斐《かい》さえ失ってしまった。このまま離宮に移って大公家に養われ、いつまで生きられるかわからない命を終えるのを寄生するように待つくらいなら、消えていなくなってしまった方がいいかもしれない。

そうしたら、ドラークを想って虚しく涙することもない。

ソフィアはゆっくり目を閉じた。

老婆が祈るような、縋るような響きで言う。

「私があなたに施してきた術は治療ではありませんでした」

ソフィアは言葉の意味を理解できずにまぶたを上げた。

「妹があなたの母君にしたことも、死んでも許されることではありません。こうして埋め合わせの機会を得たのも自力では叶わず人頼み。どうか、命令によってしかあなたをお助けできない私を恨んでくださいませ」

懇願する老婆の肩越しに、開いたままの扉の向こうからひとりの人が忍び込んでくるのが見える。

背の高い、黒い影。

（ドラーク――！）

彼の髪は輝かんばかりの金色だった。身に着けているのは華燭《かしょく》の典のためとおぼしき礼装で、目を瞠るほど立派な姿だ。

彼はソフィアに別れを告げに来たのだろうか。それとも、助けに来てくれたのだろうか。

声もなく唇を開いたソフィアに気づいて、老婆が後ろを振り返る。突然の闖入者《ちんにゅうしゃ》に動じるかと思われた彼女だったが、表情を変えることもない。

「お早かったのですね。こちらはもう済みました」

老婆が静かに声をかけ、ドラークも落ち着いた様子でそれに応じる。

「ああ。大公妃は取引を拒んだ。あとは好きにしてくれ」

ソフィアはそのやりとりを黙って見つめているしかない。ソフィアにわかるのは、このふたりがあらかじめ何かを打ち合わせ、示し合わせたとおりに行動しているということだけ。

老婆は頷くと、ソフィアの手を放し、ばあやを連れて部屋を出た。

ソフィアは室内にドラークとたったふたりで取り残された。

扉が軋みながら閉まる。その重い音にソフィアは肩を揺らした。

ドラークはゆっくりと首を巡らせ、身体をこちらに向けた。

「――ソフィアさま」

名を呼ぶ声は掠れている。

彼の目がまっすぐにこちらを見つめてきた。

ソフィアはその強い眼差しに戦慄した。

自分の身に何が起こっているのか何ひとつわからないけれど、ソフィアの預かり知らぬところで、ありうべからざることがどんどん進行しているような気がする。

今頃、ソフィアはエデルミラの寄越した迎えとともに城を出ているはずだったのだ。そして彼はマルハレータとともに初夜を過ごしているはずだった。

なのに、もう二度と会うはずのなかったふたりが対面している。

「ドラーク、どうしてあなたがここにいるのかわからないけれど、わたし……、行かなくてはいけないの」

ひりひりと痛む左手と右手を胸の前で重ね、ぎゅっと房飾りを握り込む。

「今日まで、わたしなんかに優しくしてくれてありがとう。これ――」

おそるおそる房飾りを差し出すが、彼はソフィアの手元を一瞥《いちべつ》したに過ぎなかった。

「迎えは永遠に来ません。あなたはどこにも行く必要はない」

ドラークは言い切り、ソフィアに向かって一歩足を進めた。

「廃宮《ここ》に留まってもらいます。いつまでと約束はできませんが」

ソフィアは思わず後ずさっていた。

「どういうことなの？　――マルハレータは知っているの？」

異母妹の名を出した瞬間、ドラークが一瞬だけ目を細めた。

苦しそうな、痛ましげにも見える表情だった。

「……もう、あなたがかかずらう必要のないことです」

ドラークの話し方は優雅で、声も落ち着いている。ソフィアの知る六年前までの彼と決定的に違うのは、彼の本心が全く見えない、隠されているいうことだった。ソフィアはこんなドラークを見たことがあった。出会ったばかりの彼はちょうどこんなふうに本心を隠していた。

ドラークがソフィアに近づいてくる。

ソフィアは同じだけじりじりと後退し、とうとう窓際に追い詰められてしまった。窓辺の椅子に腰をぶつけ、弾みでよろけてしまう。

「――っ」

ドラークが、床に崩れかけたソフィアの身体を下から支えて掬い上げた。

あらかじめそうなることがわかっていたかのように。

まるで初めて彼と出会ったときのように。

強い腕にそのまま抱きすくめられ、ソフィアは震えた。

ドラークの手がソフィアのむき出しの左手を握りしめ、ゆっくりと持ち上げた。彼はまるで大切なものでも見るかのような目で傷痕を見つめ、そっと唇を寄せる。

ソフィアは思わずその手を引いて、胸元に引きつけた。

「……わたしたち、もう会っちゃいけないの。会わないで行くつもりだったの。だから触らないで、放して……」

泣き声のような細い声で訴える。

触らないで、と口にした瞬間にドラークの腕が小さく強張ったのがわかった。

その言葉は彼の心を深く傷つける言葉だった。

彼の母が幼い息子に向けて放った、呪詛《じゅそ》のような言葉。

「いいえ。――二度と離しません」

ドラークの左手が手袋越しにソフィアの顔に触れ、顎をとらえる。

上向かされたソフィアは正面からドラークと視線を合わせた。ソフィアが避ける間もなく、彼の顔が近づいてくる。

ぎゅっと目を閉じた瞬間に、唇に柔らかい感触があった。二度、三度と、角度を変えて羽根のように触れてくる。

「なんて、甘いんだ」

陶然《とうぜん》とした呟きに、やっとくちづけられたのだとわかる。

「――いや！」

ソフィアは腕を突っぱねて顔を背けていた。

ドラークは無言でソフィアの肩に腕を回すと、ぐっと引き寄せて胸を合わせる。そして、今度は拒絶を許さない強さで抱きすくめ、食らいつくように唇を重ねてきた。

熱い舌がソフィアのきつく閉ざされたままの唇を強引に割り開く。彼の手はいつの間にかソフィアの後頭部をがっちりと捉えて、顎を閉じられないように押さえていた。

濡れた肉厚な舌がソフィアの歯列を辿り、怯えて縮こまる小さな舌を絡め取る。

あまりに一方的で乱暴なそれは、ソフィアの思い描いていたくちづけではなかった。

なのに、彼と触れ合った唇から背筋にかけて、ぞくぞくとしたものが下りていく。熱いような、冷たいような、今まで味わったことのない感覚だった。

気が遠くなるほど長い時間をかけて、ドラークはソフィアの口腔を味わい尽くした。ドラークの気が済んだ頃にはソフィアはきつい抱擁と甘い蹂躙《じゅうりん》の余韻に身体をぐったりさせ、手足に力が入らなくなってしまっていた。

腰が抜けて立てなくなっているソフィアを、ドラークは軽々と横抱きに抱え上げる。彼は部屋の奥の寝台に向かっていた。

ゆっくりと敷布の上に下ろされる。

少し遅れて彼が隣に上がってきたとき、ソフィアはその振動で我に返った。

ドラークは閨《ねや》のことをしようとしているのだ。

寝台の上で手をついて起き上がり、ソフィアは声をあげた。

「やめて、ドラーク、どうして――」

ドラークがソフィアの太ももの上に乗り上げてくる。

ソフィアは再び半身を倒され、たやすく組み敷かれてしまった。天蓋の作る闇の中で目を凝らすけれど、見下ろしてくる彼の顔は見えない。

「……訳《わけ》を話せば、あなたは俺の目の前から消えてしまうでしょう。もうそんなことには耐えられない」

ドラークがソフィアの上に馬乗りになったまま、礼装の上着を脱ぎ捨てた。シャツの首元を緩め、袖口を捲る。そして、両手に着けていた手袋を忌まわしいもののように抜き取って寝台の外に放った。

それが獲物を捕食するための準備のように見え、ソフィアは大きく息を呑む。

「ご存じなかったでしょう。俺がずっとあなたにこうしたかったなんて」

彼の左手がソフィアの顔に直に触れた。ひきつれたような火傷はそのままだった。

覆い被さるようにくちづける一方で、ドラークはソフィアの着衣に手をかけてくる。質素なドレスの背中に手を入れ、紐を緩める。胸元がはだけて鎖骨が露わになった。

羞恥にソフィアの頬が熱くなる。前を隠そうと身をよじると、かえって彼に隙を見せることになり、ドレスを肩から引き下ろされてしまった。

「……っ、あ」

ソフィアは思いがけない感触に声を漏らす。彼がソフィアの首に顔を寄せ、唇を這わせてきたからだった。濡れたものが首筋を伝い、肌を下に辿っていく。温かい唇が乳房の先端をかすめた瞬間、ソフィアは魚が跳ねるように身を震わせた。

同時にドレスの裾に手を入れられ、太ももに触れられる。

そんなところを男性に触らせるなんて、ソフィアには考えられないことだった。

熱く乾いた指に秘めた場所を暴かれながら、桜色に色づいた胸の頂《いただき》を吸われ舐めしゃぶられ、未知の感覚が全身に広がっていくのがわかる。そそけ立つような違和感とともに甘い痺れが生まれてきた。

「やめて――、やめて、ドラーク……」

混乱したソフィアの抵抗も、彼にとっては何の妨げにもならなかった。乳房の先端を含んでいた彼が顔を上げ、情欲を灯した目でソフィアを見つめる。

「やめたら、あなたは俺から逃げるでしょう」

ソフィアはこくりと喉を鳴らした。彼の言うとおり、今にも寝台を抜け出して、闇に乗じて彼の前から姿を消したいくらいなのだ。

「だから、こうするしかないんです。あなたを俺に繋ぎとめておくためには」

足から腰にかけての肌を、節張った大きな手が撫で回す。下着をかいくぐった指先が最奥に忍び込んできた瞬間、ソフィアはびくりと全身を震わせた。

彼の指が柔らかな和毛を掻き分け、繊細な動きでそこに触れた。確かめるように二、三度ゆっくりと襞を撫で上げては宥めるように指を下ろす。

耐えがたい感触に、ソフィアは全身を強張らせてぎゅっと目を瞑った。

感覚を閉ざそうとするソフィアを許すまいというように、ドラークの指がひときわ敏感な襞の合わせ目を探り当て、刺激する。彼が指の腹を円《まる》く揺らすように動かすと、得も言われぬ甘美な疼《うず》きが腰のあたりに溜まって、ソフィアに声をあげさせた。

「ヤ……、あっ――」

媚びるような自分の声に我に返る暇もなく、ドラークの残酷な手に翻弄される。

「悦《よ》いのですか」

花芽は懇《ねんご》ろに転がされるうち、彼の与えてくれる刺激をより強く受け止めようとでもするかのように、硬くしこっていった。

「やぁ……、やめて、こんな……っ、ぁ」

「あなたのように清らかな方でも、快楽を感じるんですね」

「――っ」

彼が自分に与えているのは快楽なのだ。自分たちは絶対にこんなことをしてはいけない間柄なのに、ドラークは易々と法を踏み越えている。異母妹と結婚した男に抱かれるなんて、ましてやそれで悦楽を得るなんて、決して許されはしない。

ソフィアは両手で弱々しく顔を覆った。零れそうな涙と、悦びによって朱に染まる顔を彼に見られまいとしたのだった。

「隠さないで」

強い腕がソフィアの両手をまとめて捉え、頭の上に縫い止めた。それなのに、ソフィアの下半身を嬲《なぶ》る手は決して止まらなかった。敏感な蕾を揉み転がし、優しく擦る。

「あ、あぁ……、いや、おかしく――」

ねっとりとした悦楽が糖蜜のように全身に流れ出し、ソフィアの思考まで侵食していった。心地よい、もっと続けてほしい、とまで考えだす。

「おかしくなっていいんです。もっと気持ちよくなって、他の誰にも見せたことのない顔を見せてください」

彼の声は掠れ、少し興奮しているようだった。

熱を孕んだ囁きに許されたような心地になって、突っ張っていた両脚から力が抜け、愛撫を求めるように腰が持ち上がる。

「ほら、こうしたらどうですか」

彼がソフィアの花襞から零れる蜜で指を濡らし、柔らかく、しかし追い立てるように敏感な尖りを擦りあげる。

「あっ、や、だめ――、やめ、そんな――」

速い動きも、もはや快い刺激にしかならなかった。ソフィアはがくがくと腰を揺らし、あまりに強い快楽から逃れようともがいたが、許されなかった。

身体の奥から熱い奔流《ほんりゅう》が生まれ、ドラークの手にそれをせき止められているかのようだ。せき止められた大きな流れはソフィアの身体の中に戻り、やがて激しい波になった。

そして、彼が意地悪く、その場所を持ち上げて震わせたとき。

「――あっ……、あぁ――っ」

ソフィアは声もなく背をのけぞらせた。稲妻のような鋭い快感が背筋を刺し貫き、長い長い一瞬の間、すべてを忘れさせた。ただ喜びだけがあった。

痙攣が治まると、すぐに全身から力が抜けた。自分の身に何が起こったのかわからないソフィアは、はしたない顔と甘ったるい声ばかりか、我を忘れるさまを彼に見せてしまった羞恥で、もがくように寝台の上で身をよじった。

しかし、すぐにドラークの手が伸びてきて、彼と視線を合わせるよう強いられた。涙でかすむ視界に、潤んだ緑色の目を輝かせた嬉しげなドラークが映る。

「俺の手で達《い》ったんですね」

ソフィアには彼の言っていることが理解できなかったが、彼がソフィアの痴態《ちたい》を喜んでいるのだということは理解できた。

「……わ、わたしが憎いの――？」

思わず口をついた問いかけに、ドラークは意外そうに目を見開く。

「どうして辱めたりするの。こんな……、こんなこと……」

ソフィアは一生こんな行為とは無縁に生きてゆくはずだったのだ。

誰にも愛されず、愛さないまま、結婚もせずにたったひとりで生きて死ぬはずだった。

閨のことは愛し合う夫婦にだけ許されるものだ。それ以外で行われるのは堕落《だらく》に繋がる背徳でしかない。

ドラークは口元を緩め、苦い微笑を浮かべた。

「言ったでしょう、あなたは知らなくていい」

彼の手が再びソフィアに触れてくる。申し訳程度にソフィアの身体を覆っていたドレスを器用に剝ぎ取り、一糸まとわぬ姿にしてしまう。

そして、さっきまで嬲っていた場所のさらに奥、だらだらと蜜を溢れさせてあえかに濡れる襞をとらえ、そのあわいに指を差し込んだ。

「っ！」

狭い場所に硬い指が入り込む違和感。ソフィアは小さく声をあげ、眉を顰めた。

「このまま何も考えられなくなってしまえばいい」

知らぬうちに指が増やされ、隘路《あいろ》が少しずつ広げられてゆく。中をゆっくりと往復する動きには嫌悪感しかないが、同時に花芯を宥められるとその感覚はいくらか和らいだ。彼の手がソフィアの零した蜜でしとどに濡れた頃、指がゆっくりと引き抜かれた。

安堵したのも束の間、ソフィアの視界は闇に覆われた。彼がソフィアの真上に重なってきたのだ。

太ももの内側に彼の熱い肌を感じ、彼もまたいつの間にか服を脱ぎ捨てていたことがわかった。優しい手つきで最奥の襞を掻き分けられ、力を抜くように優しく囁かれ、ソフィアは言うことを聞かなければもっと恐ろしいことになりそうで、わけもわからぬうちに従う。

そのさまに小さくため息をついて、ドラークは薄い唇を歪めた。

脚の間に、硬く熱い、大きな塊《かたまり》が押しつけられる。

「ア……、や、いや――……っ」

円《まる》い先端が入り込もうとしてくるが、小さな蜜口はあまりな質量を受け止めることができない。ソフィアは彼の腕に縋り、爪を立ててしまう。

「……いやぁ、痛い、やめ……っ」

ソフィアが悲鳴をあげると、ドラークは一旦腰を引いた。花弁から滴る甘露を味わうようにぬめぬめとこすりつけ、しばらく慣らしておいて、今度はソフィアの腰をがっちりと押さえ付け大きく脚を開かせる。

「どうか、あなたを汚《けが》す俺を許さないでください」

苦しげな懇願と同時に、先ほどとは比にならない強さでドラークが腰を進めた。

「やっ――、あ、ぁ――っ」

途切れ途切れの声を漏らし、ソフィアはその衝撃に耐えた。開きかけた蕾がめりめりと無理やりに広げられ、肉塊が押し込まれてくる。みっしりとした圧迫感で胸まで塞がれるように苦しい。

「……っく」

ドラークが短く呻き、さらに深く重なってきた。ソフィアの最奥までぎちぎちに埋め、突き当たりに届くと、彼は動きを止める。

「——ああ」

低い声は微かに震えていた。

でも、それがどうしてなのかなんて、ソフィアにはもう考えられない。

「やっと手に入れた。もう、俺のものだ」

言うやいなや、ドラークはゆっくりと動き出した。彼がソフィアに腰を押しつけ、引いてゆくたびに、鋭い痛みが全身を刺し貫く。

なのに、ソフィアに苦しみを与えているドラークは、まるで小さな子猫でも見るようにソフィアを見下ろし、あまつさえ唇を吸ってきた。

「ソフィアさま、辛いですか。初めは痛いものですが、次からはきっと悦くします」

次があるだなんて、もう一度こんなことをするだなんて、信じられない。

ソフィアはくちづけを拒むように首を振るが、両手で頭を抱かれて果たせなかった。

「俺はすごくいい。中が蕩《とろ》けるように熱くて、絡みついてくる」

感じ入ったようにドラークが呟いて、疲れを知らぬような逞しい全身で動き続ける。ソフィアは揺さぶられるままに苦しさに耐えた。

「——く」

しばらくして、押し殺した声が降ってくると同時に抽送が止まった。ソフィアの胎内《たいない》でびくびくと彼の肉剣が脈打ち、熱いものを吐き出す。

それは子種と呼ばれるもので、ソフィアが決して受け入れてはならないものだった。はっとして身体を震わせ、彼の腕を解こうとするのに、ドラークは許さなかった。

「まだですよ。……孕《はら》むほどここに飲み込んでもらいます」

彼は、自分を受け入れさせたままのソフィアの腹を優しい手つきでなぞった。

ソフィアが戦慄に声もなく震える。

ドラークはそんなことは意にも介さず、さっきよりも滑らかに動きはじめる。

彼の荒い呼吸、自分自身のはしたない喘ぎ。そして、禁断の交わりを否が応でも思い知らせるいやらしい水音。

耳を塞ぐことも許されず、それらを遠くに聞きながら、ソフィアはゆっくりと意識を薄れさせていった。

6　悪魔のみる夢

ドラークは、ソフィアが疲れ切っていようが、彼と何か話さねばと待ち受けていようが、お構いなしに寝台の中に引きずり込み、組み敷いて肌を重ねた。

ソフィアの必死な問いかけはまるさり無視され、答えの代わりにただ熱っぽい彼の囁きを注ぎ込まれた。

まるで、そんなことを続ければソフィアがいずれ何も考えられなくなるとでも思っているかのように。

ばあやは廃宮から遠ざけられ、顔も名も知らない無口な女官たちがやってきてソフィアの世話をした。何を聞いても人形のように顔色を変えず、一言も言葉を発さない、徹底的にドラークの命令を守る者たちだった。

あの日から何日が経ったのかもわからない。

ソフィアは寝台の中で人の気配に目を覚ました。

身を起こすと、女官たちが数人がかりで室内を調えているのが見える。ここ数日、荷造りを終えてがらんとしていた部屋にソフィアの身の回りのものを配置し直しているのだ。

ソフィアは室内を見渡し、次に自分の身体を見下ろす。昨晩もドラークによって暴かれ、汚された身体は、きれいに清められて真新しい夜着を着せられていた。よく見れば、枕や夜具もいつの間にかこれまで目にしたこともないような豪奢なものに取り替えられている。

その異様な光景にソフィアは眉を顰めた。ソフィアが物心ついてから暮らしてきた廃宮が、窓掛けや敷物といった装飾をすべて改められ、見違えるほど美しい部屋に作り替えられようとしていた。

変わらないのは窓から見える景色だけだった。薄暗い庭に細く日が差しているところを見ると、時刻は昼過ぎ頃なのだろう。

不気味な静けさがしばらく続いた後、外から扉が叩かれた。女官がソフィアを見張りつつ扉を開ける。入ってきたのは薬師の老婆だった。

彼女はいつもの黒ずくめの姿だったが、フードを被ってはいなかった。まっすぐに寝台の上のソフィアに近づいてくる。

「ソフィアさま、お加減はいかがでしょう」

彼女はこれまでと違い、いたわしげな調子で問いかけてくる。

女官たちがすっとその場を離れ、目の届かない場所に退いていった。

「あなた……」

ソフィアが呆然と問いかけるのも気に留めず、彼女はソフィアのむき出しの左手を取り、火傷の様子を確かめる。

「少し薄くなっていますね。このままなら――」

「わたしの体調なんていいの。それより、あなたとドラークは何を企んでいるの」

ソフィアは厳しい口調で問うた。

口をつく言葉が、次々と湧き出す疑念に追いつかないのがもどかしい。ソフィアは頭を打ち振って続けた。

「あなたはお父さまに仕える薬師でしょう。お父さまは私をここから出すおつもりだったのに、どうしてこんなことになっているの？」

老婆は矢継ぎ早の問いかけにも冷静な様子だった。

「正確に言えば、薬師ではありません」

落ち着き払った深い声が答える。

「私の一族は代々、大公家の主と世継ぎに仕えていますが、薬師というのはかりそめの姿。本当は……」

彼女は皺だらけの木の枝のような左手を持ち上げて言った。

「ご存じでしょう？　この国の民が、この手を何と呼ぶか」

ソフィアは彼女の左手をじっと見つめた。

宮廷司祭の昔話に出てくる、古い神を信じる人々。左手で祭祀を行い、人を呪ったり、病を治したりしたという。けれど、遠い昔、大公が聖教を庇護しはじめたと同時に迫害され、滅んでしまったと伝わっている。

「――昔話でしょう。魔女なんて……」

「もうすぐ昔話になります。私が最後のひとりですから」

彼女は少し可笑《おか》しそうに口元を緩めた。

にわかには信じがたいが、彼女がこれまでソフィアに見せてきた類《たぐ》い稀《まれ》な薬の調合の技術が呪術だったと言われればそのような気もする。

「あなたが話していたことは本当なの？　わたしに施してきたのが治療ではないって」

「そうです」

彼女はゆっくりとソフィアの左手を取った。そういえば、手袋を奪われていることすら忘れてしまっていた。

「私は理《ことわり》をねじ曲げる術をソフィアさまに施してきました。でも、あの青年が私と新しい契約を交わして、それを止めるよう命じた。ですから、こうしてあなたのお世話をさせていただいています」

「……契約？　お父さまやお義母さまはご存じなの？　マルハレータは……」

次々と問いかけるソフィアに向かって、老婆は哀れむような微笑を浮かべる。

「お優しい方。あなたのご家族が、そのお心に値する人間だったならどれほど良かったことか」

吐き捨てるような冷たい言葉に、ソフィアは大きく目を瞠った。ドラークもちょうどこんなふうにマルハレータのことを語っていた。

ソフィアは呆然として言葉を失う。

するりと老婆の手が遠のいて、彼女は足音も立てずに寝台の側から離れた。

「待って！」

ソフィアは慌てて寝台を下り、裸足のまま彼女の後を追った。扉の向こうに手を伸ばし、女官に引き留められてもその手を振り払い、明るい真昼の廊下に出る。

振り返った老婆の肩越しに、背の高い黒い人影が見えた。

ソフィアがびくりと身体を強張らせて動きを止めている間に、老婆は滑るようにその場を離れ、ドラークの前を横切っていった。

ソフィアは彼の視線を受け止め、ぐっと顎を引く。

ドラークの髪色は、いつの間にか元の鮮やかな赤毛に戻されていた。足を止めた彼の左腕には大きな花束が抱えられている。

後ずさったところをふたりの女官に挟まれるように腕を取られ、囚われてしまった。

「――そんな姿でお出かけとは感心できませんね」

静かな声で言いながらドラークが歩みを進めてくる。

「部屋に戻ってください。言うことを聞いてくださらなければ、あなたを表に出してしまったこの者たちを罰しなければなりません」

彼がソフィアまであと一歩というところに近づくと、女官たちが心得たように拘束の手を緩めた。まるでドラークに完璧に指示されているような動きだ。

彼はソフィアの肩を強く抱き、有無を言わさず室内に引きずってゆく。

そして、ふたりが薄暗い部屋に入った途端、重い音を立てて扉の錠が下ろされる。

「は……、離してっ」

ソフィアはドラークの腕を振りほどき、縺《もつ》れる足で彼から離れた。

ふたりは、かつてソフィアが好んで作業していた織機の前で対峙する。

彼は静かな瞳でひたとこちらを見据えていた。

まるで得体の知れないものを相手にしたかのように、ソフィアの肌を冷たい汗が伝い下りていく。

「あなたはおばあさんと何を企んでいるの？　お父さまたちに何をしたの。こんな、こんなことが許されると思っているの――？」

彼に組み敷かれ、暴かれ、啼かされた記憶が脳裏に蘇り、身体の芯がかっと熱くなる。

「知りたくて、この部屋を出ようとしたんですか」

一歩ずつ彼が近づいてくる。ソフィアはそのたびに後ずさり、庭に出るための扉の前に追い詰められた。

「そんなに知りたいのなら、教えて差し上げます」

ドラークは秀麗な顔に何の表情も浮かべないまま唇を開いた。

「許すも許さないも何も、あなたの父君はこの城の一室に幽閉《ゆうへい》済み。公妃は投獄《とうごく》されています」

ソフィアは大きく目を見開いた。身体が芯から震え出し、それを落ち着けるために自分で自分の身体を抱きしめる。

まだ、彼が消息を口にしていない者がいる。

ドラークの花嫁になった、ソフィアの異母妹。

「……マルハレータは……」

ソフィアがおそるおそるその名を口にすると、ドラークは唇を引き結び、ためらいを見せた。一瞬だけ床に視線を落とし、すぐに顔を上げる。

「マルハレータは死にました」

ドラークは短く告げた。

「うそ――、嘘でしょう？　どうして」

ソフィアは震える両手を持ち上げて、自分の耳を塞ごうとした。

閉じ込められ、犯されてしまった今でも、彼のことを信じたいと思う気持ちがあった。

これまでのことは何かの間違いで、すぐにソフィアの知っている優しいドラークに戻ってくれるかもしれないと。

その気持ちは粉々に砕けてしまって、ソフィアの足下に硝子片のように散らばっている。

「だから知らなくていいと言ったのに。……でも、心配はいりません。あなたはここで、すべてが終わるのを待っていてくだされぱいい」

彼の声は蠱惑的《こわくてき》なほどに甘かった。

以前はきれいだと思っていた燃えるような赤毛が、今のソフィアにはとても恐ろしく見える。本当に血に染まっているのではないかとすら思える。

ソフィアは背後の扉にぴったりと身を押しつけた。手足が冷たく萎えてゆく。何かに寄りかからなければ立っていられなかった。

「あなたは……、あなたは、わたしのためにそんなことを？」

どんな答えが返ってきても、耳を塞ぎたくなることはわかっていたのに、ソフィアは問いかけずにいられなかった。

でも、待っても待っても彼の答えはない。

ドラークはただ、少し目を細め、切なそうに苦笑しただけだった。

ソフィアは震える手で扉の取っ手を探り、握る。冷たい真鍮《しんちゅう》の取っ手は軋みながらも確かに動いた。体重をかけるように扉を開けて庭に転がり出る。

「――ソフィアさま！」

まさか誰もソフィアが真昼の庭に飛び出すとは思わなかったのだろう。

ドラークでさえ一瞬だけ動くことができなかったようだ。

ソフィアは屋根のつくる陰の際に立ち、花壇の側に転がっていた園芸鋏を拾い上げた。

重たい鋼の鋏を身体の前に構える。衝動のままに身体が動いた。

自分でもどうしてそんなことをしたのかわからない。

「来ないで！」

ソフィアは短く叫んだ。

ドラークが伸ばした手をそのままに、あと数歩というところで立ち止まる。

「一歩でも近づいたら、これで首を掻き切ります」

鋏を握った手が大きく震える。

「近寄らないで。あなたの言うことなんて信じません。わたしをここから出して、お父さまたちのところに連れて行きなさい」

顎を引いて目の前のドラークを見据える。

彼が目を大きく瞠り、狼狽《ろうばい》しているのがわかった。

「そこは危ない。まだ日の光を浴びてはいけない」

子どもに言い聞かせるように彼ははっきりと告げた。

「馬鹿な真似はやめて、その危ないものをこちらに渡してください」

ドラークは傷ついた猫を前にした人のように、じりじりと距離を詰めてくる。

ソフィアは半歩後ろに下がった。

背中にひとすじ温かな光が注ぐ。日光が本能的な恐怖を掻き立てる。

「――っ」

ソフィアが怯んだ数瞬の間のことだった。

大股で歩み寄ってきたドラークがソフィアの手首を強く叩く。

手の中の鋏は虚しい音を立てて地面に薙《な》ぎ払われた。

弾みで後ろに倒れかけたソフィアを彼の腕が攫い、抱き留める。

「離しなさい！　触らないでっ――」

もがくソフィアをドラークの強い腕が捕らえ、抵抗を封じ込める。体術に秀でた騎士にとって、ひ弱な娘の抗いなどものの数ではないようだった。

「……あれは」

ソフィアをたやすく拘束したドラークの目に、何かが留まったようだった。

視線の先には、日なたで蕾を膨らませ、今にも花開こうとしている待雪草の鉢がある。かつて義母から贈られ、ドラークに世話を頼んでいた可憐な白い花だ。

ドラークは強張った表情のままソフィアを室内に向けて突き放す。そのあと吸い寄せられるように日なたに近づいたかと思うと、小さな鉢を忌まわしいもののように強く蹴飛ばした。

陶器の鉢が宙を飛ぶ。塀にぶつかり、がしゃんと派手な音を立てて粉々になった。

ソフィアはその信じられない仕打ちに声も出ない。

「ドラーク、どうして……」

問いかけは無視され、ソフィアは再び歩み寄ってきた彼に横抱きに持ち上げられる。あっという間に部屋に連れ戻されて、寝台の前に投げ出された。まるで獣の檻の中に引きずり込まれるように。

女官たちが庭への扉や腰窓を固く閉ざしていく。

皆、ここでこれから彼が何をしようとしているのか知っている。わかっていて止めはしないし、ソフィアを守ろうともしないのだ。

今、妹が死んだと告げ、義母を投獄して父も幽閉したと宣言した男。

その男がソフィアを何度となく意のままに扱い、今もまた、まるで人形のように抱こうとしている。

目の前が真っ暗になるような感覚に陥った。

ソフィアの上体を受け止めて寝台が大きく軋む。

背後から覆い被さってきたドラークに両手首を摑まれ、敷布に縫い留められた。ふたりの足が絡み合い、均衡を崩したソフィアは寝台にうつぶせで組み伏せられる格好になった。

手首を押さえ付けていた彼の手がソフィアの肩を抱く。後ろから首筋を辿り、顎を上向かせ、噛みつくようなくちづけをしかけてくる。

「ん――っ……」

舌が舌を嬲る音が耳を犯していく。

首を振って逃れようとするが、頭をがっちりと固定されていて叶わない。

無理やり唇をこじ開けられる屈辱に耐えられず、熱くぬめる彼の舌を衝動的に思い切り噛んでしまう。

「……ッ」

気配を察した彼が瞬時に退いた。

だが、何かを噛んだ感触が確かにあった。

ドラークが口元を手の甲で拭い、汚れた手袋を両手とも脱ぎ捨てる。

薄い唇に鮮血《せんけつ》を滲ませるさまは、人血を啜っているようにも見えた。

ソフィアは寝台に手をついたまま浅い呼吸を繰り返し、背後のドラークの様子を窺う。

彼は口の端を少しだけ吊り上げ、苦く笑った。

「——おとなしくしていてくだされぱいいものを」

そう言って再び覆い被さり、深く唇を重ねてくる。血の味はめまいのような陶酔を起こさせる。

彼の右手がソフィアの胸の下に入り込み、乳房をいささか乱暴に摑んで揉みしだいた。左手は下肢《かし》に伸びて頼りない寝間着の裾を捲り上げる。露わにされた太ももから臀部《でんぶ》にかけての肌を撫でられ、その手を前に回される。

「っあ……っ」

下着を穿くことを許されていないソフィアのそこは無防備だった。

柔らかい下生えを掻き分けて小さな芽に触れられると、それだけでソフィアは大きく腰を揺らしてしまう。

「ここがお好きでしたね」

ドラークはおかしそうに言いながら、乾いた指の腹で円《まる》い珊瑚色の突起を転がす。

「やめ……、いや……っあ……」

「いやではないでしょう。こんなになって」

そこはソフィアの意思に反して、より鋭敏に男の愛撫を感じ取ろうと硬く尖りはじめていた。指紋のざらざらとした感触すら刺激になり、快い。

ソフィアは声をこらえながら身を震わせてそれをやり過ごそうとするのに、身体は持ち主を裏切ってドラークに悦びを訴えるかのようだ。

「ここも潤って、零れてしまいそうなのに」

別の指が秘裂の縁をなぞると、つぷりと蜜が溢れる音がする。最奥から透明でぬるついた粘液《ねんえき》が流れ出して花襞のあわいに留まっているのだ。そこで濡らされた指がしこった真珠に触れる。

こんな状況でも触れられて震えてしまう、自分の身体のはしたなさに涙が滲んだ。

「あ――、あ、や、いや、それはいや……っ」

濡れているので、先ほどより速い動きも強い力も、腰が跳ねるほどの強い快感にすり替わってしまう。

この数日のうちで、彼は触れていないところはないというほどにソフィアの身体を知り尽くし、弱い場所も啼かせるやり方も心得ていた。まともな会話も交わさず、言葉と手管で辱め、快楽で思考を溶かして言いなりにするような。

「いやというほど感じさせてあげます」

「……っ、ん、あ、ひど……」

耳元に囁き込む間も彼の手は止まらなかった。

「あなたはそのひどい男で感じているのに？」

彼の鼻が髪をくすぐり、ソフィアの耳朶を探り当てる。敏感な耳殻に舌を這わされ、全身が震えた。

ソフィアは自分の両手を引き寄せて、てのひらで必死に口元を押さえる。ひっきりなしに漏れる喘ぎ声を殺そうとしたのだ。

彼の指が二本に増やされ、濡れた花芯を粘っこく転がしはじめる。腰骨を揺らすような細かな振動が与えられると、もうそこでソフィアは駄目になってしまう。

視界がちかちかと点滅し、薄白く染まっていった。

「——っ……！」

歯を食いしばり、口を塞いで声をこらえる。

「ん、んっ——」

達し続ける間も指は動き続けて、強すぎる快楽を与えてくる。

「……強情ですね」

ドラークは残念そうに言いながら、二本揃えた指をソフィアのどろどろの花襞の間に差し込んだ。

濡れているので痛みはないが、狭い場所にぎゅうぎゅうに押し込まれる感覚がある。侵入した指先が恥骨の裏の壁を探り当てたとき、ソフィアはぎゅっと中をうねらせてしまった。

「胎内《なか》でも、感じられるようになってきましたね」

ドラークは上半身でソフィアを押さえ付け、空いた両手をソフィアを責めるために使うことにしたようだった。

右の手指が先ほどまで懇ろに嬲られていた花芽に触れ、愛撫を再開する。そこと内部の二箇所を同時に刺激されると、せめぎあうような疼きに喉が開きかけた。

埋め込まれた指が慎重に抜き差しされ、指の腹が天井を擦る。繰り返されるとそこが腫れたようにぷっくりと膨らみ、受ける刺激はより強くなる。

「……っ、……っ」

ソフィアは自分の指を噛んで声をこらえるのに、内部はもっと欲しいとでもいうかのように無意識のうちに締め付ける。その裏腹な反応をドラークは喜んでいるようだった。

淫核を苛められる一方で、焦らすように指を引き抜かれ、また押し込まれる。

ソフィアはもう無垢ではなく、次に待つ行為を知っている。

未熟な身体は挿入だけで絶頂に達することがあるなどとは想像もつかないが、前に触れられながら内部を満たされるとより深い悦びがあって、自分がそれに抗いきれないということは身をもってわかっていた。ドラークがそのやり方にひどく執心《しゅうしん》していることも。

「そろそろ、欲しいでしょう」

ソフィアの考えていることを見透かしたかのように、ドラークが指を引き抜きながら問いかけてくる。その声は心持ち掠れているように聞こえた。

衣擦れの音がして、彼が着衣を緩めはじめたのがわかった。

ソフィアはただ待っているだけでいい。

抗わずに目を瞑っていれば、ドラークが背後から重なってきて、彼を欲しがって潤んでいる内部に熱いものをくれる。硬く厚みのある身体でソフィアを押しつぶして、嫌なことや恐ろしいことを考えるのをやめさせてくれる。

ソフィアは弱々しく首を打ち振った。

彼が自分の衣服に手をかけている間に、転がるように腕の中から逃れ出る。だが、離れたはいいものの、すぐに足元の均衡を崩して絨毯《じゅうたん》の上に倒れ込んでしまう。

ソフィアはすぐに顔を上げ、唇を噛んでドラークを見上げた。

このまま彼の好きにされ、翻弄されはすまいという意思表示のつもりだった。

彼は不意打ちを食らったかのように、床にうずくまるソフィアを見下ろした。熱っぽい翡翠色の目が愉しげに細められた。

「今、自分がどんな格好をしているかおわかりですか」

ドラークが一歩ずつゆっくりと進んでくる。

ソフィアは片手で乳房を庇い、捲り上げられた寝間着を下ろそうと下肢に手を伸ばした。

しかし、寸前で、ドラークに寝間着の裾を踏まれてしまう。

「そんな姿で抗っても、男を誘っているようにしか見えませんよ」

「言葉遊びは止めて。そうやって、全部うやむやにするつもりなんでしょう。こうすればわたしがあなたの言いなりになるから……」

「そうですよ」

彼は悪びれることなく続けた。

「おとなしくここにいてくれさえすれば、あなたを高みに連れて行って差し上げる。全部あなたに与えてやれる。だから、余計なことは考えないで俺の腕の中にいてくれればいいんです」

彼はソフィアと視線を合わせるように膝をついて、ソフィアにのしかかってきた。

あえなく床に倒されながら、ソフィアはもがいた。

「――いやよ」

力の入らない腕で彼の厚い胸を突っぱね、顔を背ける。

他愛ない抗いなどものともせず、ドラークがソフィアの腿の間に身体を割り込ませてきた。

「こんなのはいや。お父さまとお義母さまに会わせて。マルハレータのこと、嘘だと言って……！」

「嘘ではありません。俺はあなたに二度と嘘はつかない」

彼の指が花弁を押し開き、まだそこが濡れていることを確かめた。そして、今度こそ思いを遂げるために腰を進める。

「いや、や――、あ……――っ」

衝撃は深い。一息に奥深くまで満たされ、胸元まで苦しくなるほどだった。

ソフィアの身体は難なく、むしろ歓喜しながら彼の脈打つ熱塊を受け入れた。誘い込むように蠕動《ぜんどう》し、吸い付く。締め付けては自ら快楽を得て、それによってさらにぎゅうぎゅうと中を食い締めてしまう。

「……っ、いやよ、こんな……。やめて、許し……ん、ぅ」

必死に正気を保とうと言葉を紡ぐ唇を、ドラークが噛みつくように塞いだ。がつがつと激しい抽送を続けながら、繊細な手つきでソフィアの前に手を這わせ、敏感な蕾を探り当てる。そこを細やかに揺さぶられると腰骨が疼くほどの甘い痺れが全身に広がっていく。

「ん、んぅ……っぁ、いや……っあ、やめて、だめ、だめっ……」

ソフィアはぎゅっと目を瞑り、ぷるぷると身を震わせて恐れていた快感に耐えようとした。

ドラークは追い立てるように手を早め、腰を使った。

「だめ――……っ」

大きく腰が跳ねる。両脚がぴんと伸びて激しい波のような高まりが行き渡っていく。

びくびくと身体をのたうたせて絶頂を迎えたソフィアを、ドラークは容赦なくさらに揺さぶった。

「やめて、もうやめてえ……っ」

「何度でも達ったらいい」

ドラークは一旦身を離し、ソフィアを抱え上げて寝台に手を付かせた。

「あ――……！」

後ろから貫かれ、より深い場所に彼の先端が届いてしまう。

腰骨を直接突き動かすような振動を与えられると、これまでに経験したことのないような、全身が蕩けていくような感覚が生まれた。

「ぁ、いやぁ……、なに……？」

「奥がいいんですね？」

察しの良すぎる彼が、心得たように腰を押しつけてくる。

ドラークの肉剣がそこに触れるたび、お腹を中心にじんわりと熱いものが広がった。回すように先端で最奥を捏ねられると違和感はより強くなる。身体から力が抜けて、彼を受け入れた場所の感覚だけが鋭くなっていく。

「やめて、だめ、ドラーク、止めてぇ……っ」

腰を摑んだドラークの手に縋り付こうとしても、力が入らずに滑り落ちてしまう。

「だめぇ……っ、おかしく、な――」

奥を揺さぶられるのがたまらなくよかった。恥じらいを捨て、自分からねだるように彼にお尻を押しつけてしまいそうになる。髪の一筋からつま先まで、快楽を感じるための器官に成り下がったようだった。

「やめて、ゃめ……、もうだめ、もう――」

「駄目ではないでしょう。達きたくてたまらないくせに」

ドラークの言うとおりだった。今のソフィアは彼と交わって与えられる快楽で頭を満たされ、もうそのことしか考えられなくなっていた。

ぐちゅぐちゅという水音と、こらえきれない自分自身の喘ぎ。そして彼の荒い吐息が耳を一杯にしていく。

「んっ――！」

視界がふわっと銀色に染め上げられた。

寝台にしがみつきながらがくがくと腰を震わせ、背をのけぞらせる。ソフィアは初めて挿入だけの刺激で昇りつめてしまった。愉悦《ゆえつ》は強く、底なしだった。

「……っ！」

同時にドラークが低く呻き、中に吐き出したのがわかる。

指一本自分の自由には動かせないのに、蜜壺《みつつぼ》は彼のものを入り口で締め付け、奥でぬめ

ぬめと吸い付いて包み込んでいる。

彼の大きな手が愛おしげにソフィアの肩から腰を辿る。

「好《よ》かったんですね。俺もすごくいい」

たったそれだけの接触で、ソフィアは再び達するかと思うほど感じてしまう。

我を忘れ、大切な家族のことも意識の端に置き去って、恥じらいを捨て求めてしまったいやらしい自分が汚らわしくてならなかった。

「これでいい」

ドラークも満足したのか、深い吐息をついてソフィアの背中に覆い被さってくる。

まだ繋がったまま抱きしめられ、ぼんやりと薄らいでいく意識の中で、ソフィアはドラークの懇願のような囁きを聞いた。

「いやなことはすべて忘れて、もう俺なしではいられなくなってしまえばいい」

ソフィアは首を振った。

振ろうとして、力尽き、意識を闇に溶かしてしまった。


大きな手がおそるおそるといった手つきで触れてくる。

ソフィアは重い頭を動かしていやいやと髪を打ち振り、その手を拒絶しようとした。なのに、手の持ち主はソフィアの肩を押さえ、寝台の上に縫い留めた。覆い被さってきたかと思うと、身を屈めて顔を近づけてくる。

顔を逸らしたのに、長い指に顎を捕らえられてしまう。

「口を開けて。――これで、楽になりますから」

幼子に言い聞かせるような口調で彼は言った。

もう言いなりになんてなりたくはないのに、甘く優しい声音で囁かれると頭が痺れるようだ。宥める言葉に、深いくちづけが続く。

「ん……、ン」

くちづけとともに冷たい液体が口腔に流れ込んでくる。

ソフィアはその苦さに眉を顰め、口を閉じかけるが、押さえ付けられて果たせなかった。すっかりそれを飲み込んでしまうと、彼が安堵したようにため息をついたのがわかる。

「ソフィアさま――、すみません」

頭上から降ってきた言葉は、再び眠りにおちたソフィアの耳には届かなかった。

城の中枢にある宰相の執務室には、病的な発作癖を持つ彼のための簡易寝台がある。

今、ネルドラン公爵はその寝台の上で書類に目を通し、入れ替わり立ち替わり訪れる部下たちにあれこれと指示を与えていた。

一段落ついた公爵に声をかけられるまで、ドラークは脇で公爵の様子を見守っていた。

「——待たせてすまなかったね」

疲れた様子の公爵が寝台の上で額に手を当てる。

ドラークは、彼が執務室で大きな発作を起こし、吐血して倒れたと聞いて駆けつけたのだった。しかし、当の本人は横たわりながらも平然と政務を執っていた。

「いえ。大事《だいじ》なくて何よりです。どうか無理はなさらず」

「私のことはかまわない。政務を君に手伝ってもらって、むしろ助かっている。——それより、あの方の様子はどうか」

公爵は、意図しているのかいないのか、決してソフィアの名前を口にすることがなかった。

「薬を飲まれ、おやすみになっています」

ソフィアは、呪術師が調合した薬をドラークによって飲まされ、ここ数日は夢うつつのような状態にある。

彼女は、父と義母の監禁と異母妹の死を知って混乱極まったところをドラークに無理強いされ、快楽に堕《お》ちた。

それはドラークが意図したとおりだったのだが、ソフィアはそんな自分を激しく嫌悪し、自身を傷つけかねない危うい状況になっていた。

薬は高ぶった神経を鎮静させるとともに時折幻覚を見せるらしく、ソフィアは高熱に浮かされた人のようにうわごとを口にしているのだ。

「これに懲《こ》りて、無体なことはしないでほしい」

厳しい声で釘を刺され、ドラークは苦々しい思いを噛みしめる。

会う前から、彼がソフィアを大切にしていたことは知っていた。

自分もそれに負けぬほど彼女を想っていたし、自分なりのやり方で守り、愛していくのだと自負していた。でも、再会したときからすべてうまくいかず、結局はソフィアを傷つけている。それをこの男に見透かされていた。

今、大公国の宮廷を支配しているのは誰かと問われれば、ドラークはこのネルドラン公爵の他にないと答えるだろう。

数日前から、宮廷にはまことしやかな噂が流れている。

――フォリンデン大公がある理由により乱心し、妻と妹娘とを殺害。錯乱《さくらん》状態にあるため、城内に幽閉されている。

この噂の中にはふたつの嘘が織り混ぜられていた。ひとつは公妃がまだ死んではいないということ。もうひとつは、公女が大公の手で殺されたのではないということだ。

しかし、大公不在の今も政は表向き何事もなかったかのように回っている。

なぜなら、噂の源は宰相その人だったから。

ドラークは、公爵が宮廷を言葉ひとつで支配していく様子に、復讐に突き動かされる者の際限ない残酷さを見た。それは、これまで望まぬ契約に従い続け、その力を抑え込まれ続けてきた呪術師の老婆も同じだった。

ドラークが我に返ったのは、その老婆が執務室に現れたからだった。

公爵の様子を見るために駆けつけたらしい。

「私が控えておりますから、あなたはソフィアさまに付いていて差し上げてくださいませ。あなたを呼んでいらっしゃいます」

老婆の言葉に頷いて、ドラークは執務室を後にした。

ソフィアのもとへ向かう途中、ドラークは、物陰から呼びかけられたのに気づいて足を止めた。

ネルドラン公爵の腹心で、ソフィアとも面識のある侍従だ。

毎日、決まった時間に幽閉中の大公と投獄されているエデルミラの様子を報告させている。

「大公は相変わらずか」

ドラークが尋ねると、彼は顔色ひとつ変えずに答えた。

「ええ。公妃に会わせろとの一点張りです。妻の口から聞かねば、何も信じないと」

大公を幽閉した直後に、ネルドラン公爵は一縷《いちる》の望みをかけてすべての真実を包み隠さず大公に話していた。しかし、長年にわたるエデルミラの讒言《ざんげん》に染め上げられ、半ば洗脳されるかのように思考を止めてしまっていた大公にそんなことをしても、無駄な努力に過ぎなかったようだ。

「誰が会わせるものか」

自ら言葉の毒を盛られに行くようなものだ。大公が妻に騙され、脅かされ、言いくるめられるさまが目に浮かぶ。

「公妃の方は大したものです。今日は看守を泣き落として、ドレスの切れ端に血で綴った手紙を大公に届けさせようとしたそうです。実物をご覧になりますか」

淡々と報告する男の口ぶりに僅かな呆れが滲んでいる。

ドラークは小さく首を振り、苦笑した。

「いい」

エデルミラが夫と繋ぎを取ろうとする努力は、ある意味驚嘆に値するものだ。

自らの地位と名声、権力への凄まじい執着がそうさせるのだろう。血の繋がった姉を殺し、あらゆる策を弄してなり替わって手に入れたものを何が何でも手放すまいと必死なのだ。そのさまには何も感じるものなどないが、犠牲にされた者たちはただ哀れだ。

しかし、ソフィアも大公と同じようにエデルミラに会いたいと言いかねないと思いいたり、ドラークはぞっとした。ソフィアと大公に似通うところがあるなどとは、一度も思ったことはなかったのに。

ソフィアの身は自分が守らなくてはならない。

ただ、彼女の心を傷つけてしまった自分にそれが果たせるものなのか、ドラークの心は揺らいでいた。


ソフィアは温かな微睡《まどろ》みの中にいた。

日にちや時間の感覚はない。時折浮かび上がるように意識を取り戻しては、引き戻されるように眠りの淵に沈む。

とてもとても大切な人がいて、会いたいと思う。

ソフィアはその人の名前を呼んだ。彼が来てくれるはずなんてないのに。

うっすらまぶたを上げると、薄明かりの中にぼんやりと人の影が見えた。背の高い黒い影だ。

「――……ラーク……」

ソフィアは寝台の外に向かって手を伸ばすが、指先は空を掻いて敷布の上に落ちた。

もう一度腕を持ち上げようとしたけれど、それだけの動きが重くてたまらず、手首から先が少し揺れただけだった。

首筋や肩にまとわりつく、おのれの髪が厭わしい。

影がゆっくりと近づいてくる。手袋をした大きな手が伸びてきて、力なく震えるソフィアの左手を恭しい仕草で握った。

ソフィアがぎゅっと指先に力を込めると、その手は戸惑うように一度開きかけ、しかし、すぐに力強く握り返してくれた。

寝台が小さく軋んで、その人がソフィアの枕元に腰掛けたのがわかった。

ソフィアはその膝に顔をすり寄せる。

「……ドラーク……」

掠れた声でソフィアはその人の名前を呼んだ。

彼だったらいいのに。たとえそうでなくても、そうだと答えてくれさえすればいい。

「――はい」

短い答えは、聞き覚えのあるものだった。

ソフィアは嬉しくなって小さなため息をついた。けれど、すぐにいやな思い出に考えが至り、小さく眉根を寄せてしまう。

「……うして……」

ソフィアの言葉に、ドラークは小さく身じろぎをした。

もう何度も似たような問いかけを繰り返した気がする。

どうしてソフィアを抱いたのか。閉じ込めるのか。

なぜ父を幽閉したのか。なぜ公妃を投獄し、マルハレータを殺したのか。

どんなわけがあって、何も話してくれないのか。

一度だってまともな返事は返ってこなかった。

ドラークはソフィアの知っているドラークではなくなってしまったみたいに、ソフィアと話してくれなくなったのだ。

でも、きっとこれは夢だ。

彼の手の強さも、膝の温もりも幻だから、せめて気の済むまで話しかけてみよう。

「どうして、来てくれなかったの……？　あの夜……」

彼が手紙をくれた日のこと。

暗い部屋の真ん中で、ひとり涙を流しながら明かしたあの夜のこと。

「待ってたのに……」

彼が小さく息を呑む気配があった。

ドラークはかつて、夜に咲く白い花の前でソフィアに誓ってくれた。

ソフィアを害する者から守り、お願いを全部叶え、約束は決して違えないと。

それを裏切りだと責める資格はソフィアにはない。彼はマルハレータの騎士になったのだし、会えなかった間に彼が変わってしまったことも仕方がない。

自分の言葉が子供じみた我儘だということもわかっている。なのに、ソフィアはべそをかいたような声で彼を詰ってしまう。

「――うそつき」

目元にうっすらと温かいものが滲んだ。それを誤魔化すように彼の膝に顔を埋め、上着の裾を弱々しく摑む。

「ソフィアさま……」

囁き声で名を呼ばれても、ソフィアは拗《す》ねたように顔を上げなかった。

すると、温かな手が両肩にかかり、そっと身を起こすよう促された。彼の顔が近づいてくる。赤い髪がソフィアの額に触れる。ドラークは唇でソフィアの眦《まなじり》を拭ってくれた。

「ソフィアさま、申し訳ありません」

切ない声で彼は言った。

その一言だけで、ソフィアの心は解きほぐれ、ふんわりと軽くなる。

ソフィアは我知らず口元に笑みを浮かべた。

彼はその両手から手袋を剝ぎ取ったようで、直にソフィアの髪を撫でてくれる。手触りを楽しむように何度も何度も撫で下ろし、髪の中に指を差し入れて地肌をくすぐる。

ソフィアはくすぐったさに小さく身をよじった。

まるで逃がしはすまいというように、ドラークがソフィアの身体を抱き留め、額を覆う髪を払って自分の額をくっつけてくる。

「ドラーク……」

ずっと、こんなふうに優しく触れてほしいと思っていた。

初めて会ったときに、ソフィアは彼のことを好きになってしまった。幼心に、自分は彼の主だから、相応しく振る舞わなくてはいけないと気を張った。恋を自覚したのは離れてしまった後で、指先一本触れ合うことはできなかった。

目が眩《くら》むほど近くにいるのに、想いが届かないのがもどかしい。

「……ずっと、会いたかったの」

そう口にすると、驚くほど心が楽になった。

たとえ幻の彼に向けてであっても、打ち明けられたことがとても嬉しい。喉が熱くなり、胸の方にどきどきとした疼きが降りていき、やがて心臓の鼓動と混ざり合ってひとつになる。

ソフィアは寝台の上に手をつき、のびをするような姿勢で上体を起こした。

彼の顔を下から覗き込むように首を伸ばし、そっと唇を重ねた。小鳥が戯《たわむ》れにつがいと交わすような、ついばむだけのくちづけだ。ドラークの唇はふっくらと厚く、柔らかい。

ドラークは拙いくちづけに応えてくれた。ソフィアの背中を折れんばかりに強く抱き込み、より深い触れ合いを求めるように貪ってくる。

ソフィアもぎこちなく彼の首に腕を回した。顔を傾けてドラークを迎え入れ、甘えるように舌を絡ませる。

彼の舌は熱く柔らかく、力強くて、ソフィアを飽きさせることがない。時を忘れてくちづけていたいと思うほどだった。

もしも正気だったなら、決してできない真似だった。

でも、夢の中だと思えば、目が覚めるまでは心のままに振る舞おうと思える。

唇をこめかみ、眉の上、秀でた額に落としていく。下からかき混ぜるように彼の赤毛に指を入れる。初めて触れたときと同じ、さらさらとした感触だった。

「ソフィアさま……っ」

どこか切羽詰まった声でドラークが呼び、ソフィアの身体を引き剝がそうとする。

それが寂しくて、離さないでほしくて、ソフィアは彼の膝の上に乗り上げ、その頭を胸の中に抱き込んだ。

「……くそ」

彼が短く吐き捨て、思いあまったかのように抱きしめてくる。彼は噛みつくようにくちづけながら、ソフィアの寝間着のあわせの紐をほどいた。

はらりと寝間着の前が開かれる。露わになった白い胸元は浅い吐息に上下していた。

ドラークはそこに顔を埋め、手を這わせ、ふたつの乳房をたなごころで包み込む。

愛撫を待つように桜色に染まった頂に触れられ、ソフィアの身体はぴくりと震えた。甘い刺激がじわじわと広がり、下肢に伝わっていく。

「っぁ……」

小さな吐息が漏れた。

声をもっと聞きたいとでも言うように、ドラークはしゃぶりつくように乳暈《にゅううん》を吸った。

「ん、ン……ふ……ぁ――」

ドラークが目線を上げてこちらを窺ってくる。ソフィアは彼の熱っぽい眼差しから目を逸らすことができなかった。

求められ、抱きしめられ、それに応えて彼に自分を分け与えられるのがひたすらに嬉しい。自分の額がうっすらと汗ばみ、頬ははっきりと上気しているのがわかる。

寝間着を剝ぎ取られ、絹のようにぬめる肌に余すところなく触れられ、唇で吸われた。乳房の下、脇腹。

寝台に仰向けに横たえられ、彼の身体の下になってしまった頃には、ソフィアの身体の

あちこちに紅いくちづけの痕が散っていた。

そっと膝に手をかけられる。ソフィアは抵抗しなかった。彼がソフィアに嫌なことや痛いことをするはずがなかったから。

ドラークはしどけなく開いた白い膝の間に身体を割り込ませ、腿の内側に頬を寄せ、くちづけを施す。柔らかい肌は少し吸われるだけで痕が残る。

「あっ」

小さな声をあげたのは、ドラークが花芯の上に顔を伏せたからだった。そこは充血してふっくらと芯を持ちはじめている。花びらの間も、直に触れられもしないのに肌への愛撫だけであえかに蜜を零している。

ドラークは愛おしそうにソフィアの全身を撫でながら、小さく尖った突起を舌で探り当て、転がした。ソフィアの好きな場所への愛撫は執拗に続けつつ、甘い蜜を溢れさせる泉にゆっくりと指を差し入れてゆく。糸を引くような透明な粘液に助けられ、そこは彼の長い指を意外なほどすんなりと受け入れることができた。

ソフィアの胎内は過ぎるほどに潤み、奥へ奥へと誘い込むようにけなげにドラークの指を締め付けた。中程から最奥にかけて絡みつくように媚肉がうねる。

「――ん、あっ……」

指を増やされ、腹側の壁を持ち上げるように擦られ、ソフィアは背を反らして喘いだ。

何度も抱かれるうちに見つかってしまった弱い場所だった。

「ぁあ……、ぁ、やあ……っ」

蕾を舐めしゃぶられながらそこを指の腹で抉るように刺激されると、腰ががくがくと震えた。敷布を摑んでもこらえきれない強い快楽の波が襲ってくる。

「あ、……、もう――！」

何も我慢する必要はないのだと言うように、ドラークはより懇ろに手を加えた。濡れた舌が立てる水音、蜜肉が擦り立てられる音に混じって、自分自身の押し殺した喘ぎ声が響く。

ソフィアは顔を紅潮させ、いやいやをするように大きく首を振った。

「……め、もう、やぁ――……！」

白く華奢な肢体を弓なりに反らせ、ソフィアは大きく痙攣した。ん、ん、と嚙み殺した声を洩らしながら、ふるふると震える。

ソフィアはぐったりと横たわったまま、余韻を味わうかのように浅い呼吸を繰り返した。ドラークがソフィアの汗ばんだ額をてのひらで拭い、乱れた髪を指で撫でつけてくれる。ソフィアは顔を動かして、その手に顔を擦りつけた。子猫が人に甘えるような仕草だった。

もっと触れてほしい。少しくらい痛くてもかまわないから、激しく求めて重い身体で抱き潰してほしい。そう思うのに、ドラークはそっとソフィアから身体を離した。

「行かないで……」

肌寒さに小さく身震いしたソフィアは、彼を引き留めたくて、温もりを求めるように手を伸ばした。

「――っ」

袖を摑まれたドラークが小さく息を吞んだのがわかった。

「……抱いてしまいますよ」

子どもを諭すような言葉は、しかし、熱っぽい響きを帯びていた。

ソフィアはそれでもいいと頷いて、指先に力を込める。

彼は、嬉しそうな表情に、どこか苦しげな色を浮かべている。

どうしてだろうとソフィアは思った。自分はこんなにも彼に抱きしめてほしいと思っているのに。

ドラークがもう一度覆い被さってくる。

ソフィアは深く甘い吐息をついて、ゆっくりと目を閉じた。

ソフィアは薬で微睡《まどろ》んでいるだけ。

そうわかっているのに、ドラークは拙い誘惑に抗する術を持たなかった。

華奢な身体にのしかかり、腰を抱いて深くくちづけた。着衣を緩めるのももどかしく、勢いに任せて性急に身体を重ねる。

「んっ――」

噛み殺したような甘い喘ぎがドラークの耳をくすぐる。

熱く濡れそぼった肉壁が、待ちわびていたかのようにドラーク自身を受け入れた。付け根まで埋めてやると、柔らかな襞が吸い付くようにぴったりと絡みついてきて、切なげに悦びを訴えた。

「ぁ……、ぁ、ん……」

ソフィアのまぶたは微かに震え、唇は緩んで切れ切れの息を吐き出している。

こんなにも乱れ、可愛らしい表情を見られるのは自分ひとり。

かつて胸をかきむしるほど希《こいねが》ったとおり、ドラークだけが彼女の恥ずかしい声を聞き、馨《かぐわ》しい香りを嗅ぎ、肌の甘さを味わって、この秘められた場所に自身を埋め、満たしてやることができる。

この上ない満足感に浸ったまま動かずにいると、ソフィアの方が焦れてしまったようだった。僅かに身をよじり、ぎこちなく腰を揺らしている。奥底の壁にドラークの硬直の先端を押しつけるような動きは、拙くも自ら快楽を得ようとしているのに違いなかった。

「ん……っ、ン――」

「ソフィアさま、いいんですか」

ドラークがゆったりと腰を使い、欲しがっている場所に打ち込んでやると、ソフィアは頤《おとがい》を反らせて声なき声をあげた。

「――ッ、あ……っ」

前に背後から抱いたとき、彼女のそこへの反応は大きく変わった。奥でひどく感じるようになったらしく、突かれてもこね回されても我を忘れるほどに激しく乱れた。自分でも自分の身に何が起こっているのかわからないようで、当惑しながら感じてどうにもならない快楽に翻弄されるソフィアは美しく、愛しかった。

「ん、ぃ……、いの、――もっと、ぁ、あ」

そして、拒絶することを忘れ、素直に欲しがるソフィアも、また可愛くてたまらない。いい、もっと、というこれまでの彼女なら決して言わなかっただろう言葉に衝き動かされるように、ドラークはいっそ乱暴なほどの律動を繰り返した。

ドラークは、ぐずぐずに蕩けきって境目もなくなってしまったそこにそっと手を這わせた。ソフィアの狭い入り口はいっぱいに広がって剛直をほおばり、うずうずと蠕動している。

彼女が自分を受け入れて悦んでいることを実感して、口元に笑みが浮かぶ。

「あ、あっ……、こわい、何か――、ん、く」

最奥を繰り返しぐっと圧迫していく。押し上げるような深い抽送を続けていると、ソフィアは声も嗄れ果てたのか、耐えるように眉を寄せて唇を開いた。その声は啼くと言うよりも洩らすといったほうが相応しかった。

そのとき、奥が吸い付くようにドラークの切っ先を包み込んだ。

「ン、あ、あぁ、いっちゃ――……」

ソフィアは切羽詰まった細い声をあげ、白い肢体を弓なりにのけぞらせて動きを止めた。ひときわ激しく内襞が収縮し、きつくドラークを締め上げる。

「あぁ、ん……っ」

「くっ」

食いちぎられるような蠢《うごめ》きに耐えた。目が眩みかける。

今にもソフィアの胎《はら》に解き放ちたいほどだが、ぐっと堪えた。

すると、一度果てたばかりだというのに、彼女のそこは解けるようにふんわりと緩み、再びやわやわとドラークを奥に引き込もうと波打ちはじめた。

どうやら、先ほどの一度だけでは足りなかったようだ。

無意識の彼女の貪欲さに呑み込まれそうな感覚を覚えつつ、ドラークは舌なめずりした。

混じりけのない銀色の髪が首筋や胸元に張り付いている。薄い肩や頼りない腕とは裏腹に、乳房は形良く、ドラークの手に心地よい質量で、手放したくなくなるほどだ。ほっそりとした腰、少し丸みを帯びた太もも。人形のように華奢な脚。

よく考えれば、これまで何度も彼女と身体を重ねたけれど、こうしてまじまじとその裸身を目にするのは初めてだった。いつも、絶えず抗う彼女のドレスや寝間着を剝ぎ取りながら夢中で抱いていたからだ。

今のソフィアはひたすら素直で、快楽に忠実だった。

半ば正気を失って、まるで子ども返りしたかのようだ。

ドラークを厳しい声で問い糾《ただ》すこともなければ、父に会わせろと言ったり、義母や妹のために涙を流したりすることもない。

動きを止めたドラークに焦れたように、ソフィアが縋り付いてくる。

その手に浮かんでいた痛ましい火傷の痕は、この数日のうちにだいぶ薄くなっていた。

この傷痕がきれいになくなってしまうまでは、自分の火傷の痕も消すつもりはない。彼女が丹精《たんせい》して調合した薬は使わずに大切に仕舞っていた。

「ソフィアさま……、愛しています」

呟きは天蓋に作られた闇に溶ける。

この告白も、ドラークにとっては狂喜するほど幸福な交わりのことも、薬が覚めればソフィアは忘れてしまうだろう。

悔しいような、これでよいような、複雑な思いでソフィアの肌に手を這わせ、愛おしむ。焦れた彼女の求めに応えるため、ゆっくりと腰を揺すってやると、柔らかく熟れた肉が奥へ奥へと誘い込むように蠕動する。子宮の入り口がドラークの尖端を包み込み、やわやわと食《は》む。

「あ、あ、ん……、ん、ぁ、いい……」

ソフィアがすすり泣くように喘ぎ、それに掻き立てられるようにドラークも律動を速める。締め付けられ、目が眩むような深い快感とともに、ドラークはソフィアの最奥に思いのたけを吐き出した。

ソフィアもまた、声もなくびくびくと全身を震わせ、唇をわななかせる。

ほとんど同時に達してしまったのだ。

ドラークは、うずうずと蠕動するソフィアの内部からゆっくりと腰を引く。

まとわりついてくる媚肉の誘惑に抗いながら身体を離すと、真っ赤に腫れて膨らんだ花襞の間から白く粘ついた雫がとろりと零れた。

そのあまりに淫らなさまにごくりと唾を飲み、毛布で覆い隠す。

ドラークは自分の汚れた下肢を脱ぎ捨てたシャツでふき取ると、申し訳程度に腰を隠して寝台を出た。隣室に命じて湯と手拭いを持ってこさせる。後はいいと言いつけて下がらせ、再びソフィアとふたりきりになる。

ドラークはソフィアの雪のように白い裸身をゆっくりと清めていった。

胸にじわじわと湧いてくるのは、半ば意識のないような彼女を抱いてしまった罪悪感に他ならない。あの手の火傷の痕のほかには染みひとつなかった肌に、自分の執着を示すかのような鬱血が無数に浮かんでいる。

肌を吸っている間は無心だったが、冷静になってみればなんと痛々しく見えることだろう。

風にも当てぬように守ろうと思っていたのに、何もかもを彼女に返そうと思っていたのに、ドラークは惨《むご》いやり方で彼女を手に入れてしまった。

六年も焦がれ続けた女とようやく再会できて、手を伸ばせば触れられる距離にいた。拒絶され、頭に血が上ったことを言い訳にはできない。初めの晩もひどい無理強いだったが、その後に繰り返した情交はドラーク自身の獣のような餓えを満たすためのものだった。貪り食うほどに麻薬に狂ったようになり、渇きを癒やすためには際限なく求めずにいられなかった。手にしたときは悦びしかなかった。

そして、ソフィアの身も心も深く傷つけた。

騎士の風上にも置けぬ外道だ。

だが、ソフィアの命を守るためならば、彼女を失わないためならば、自分はこの国の誰を敵に回してもかまわないし、敵に回れば肉親ですら手に掛けるだろう。

でも、彼女自身がドラークの前から去りたいと望んだなら、そのとき自分はどうすればいいのだろう。

腕の中に閉じ込めるまでは、命の期限が迫った彼女を救うため、その他のものはどうなってもよかった。

その最たるものが、彼女が異母妹と信じていたマルハレータだ。ソフィアを犠牲にして、ソフィアが受けるべき公女としての待遇を盗み取り、ぬくぬくと暮らしていた。

エデルミラはカッコウの母鳥、マルハレータはその雛《ひな》だ。母鳥は他の鳥の巣に卵を産み付けて世話させ、孵《かえ》った雛は本来そこで育てられるべき卵を地に落としてしまう。

その上、我儘放題にドラークを手に入れ、弄んだ相手だ。ドラークにとってはどうなってもよい相手だった。

でも、心優しいソフィアにとってはおそらく違う。これまでも確かに複雑な思いはあっただろうが、ドラークの知る真実を打ち明けても、彼女はマルハレータを憐れに思うだろう。自分のせいでマルハレータが死んだと思い込むだろう。

彼女は残酷な真実に耐えられないかもしれない。

いや、それはドラークの欺瞞《ぎまん》だ。

ドラークは、ソフィアが、マルハレータの死の真相を知り、自分の前から去りたいと望むことを恐れているのだ。だから黙っていた。彼女に二度と嘘はつかないと誓っていたから、黙ることを選んだ。

ドラークの望みは、彼女をこの腕に取り戻したときから変わらない。

ソフィアがこうして、辛いことや嫌なことをきれいに記憶から消し去って、欲しいものを欲しいと言い、花を愛でて過ごす美しく我儘な存在になったらいい。ドラークの植え付けた種によって孕み、子を産めば、心優しい彼女のことだからその子を愛さずにはいられないだろう。

自分は命と引き換えにしてでもそんな彼女を守り、彼女の求めるものはすべて手に入れて目の前に捧げるだろう。

こっそりと忍び込んだ温室の花ではなく、人の庭から摘み取った花ではなく、彼女のために、彼女と自分だけが入ることのできる庭園を造りたい。ソフィアが何にも脅かされず、思い悩まず、幸福に生きてゆくためなら、その周りに屍《しかばね》の垣根を作ってもかまわない。

ドラークは、引き離されて暮らしていた六年もの間で、変わったのは自分だけだと思っていた。ソフィアは十二の子どものまま、気高く美しくも、自分の腕の中で庇護しなければ生きてゆかれないのだと。

けれどソフィアは、目を覆い耳を塞ぐ優しい手よりも、真実に導かれることを望んでいる。

彼女に起きた事実を隠し通したいというドラークの願いは、むしろソフィアを侮り、見くびっていることになるのだろう。

だから、こんなにも幸福な夜は一度限りのことだ。

自分ひとりのための、刹那《せつな》に消える美しい花園の夢。彼女を惑わす薬が切れれば、跡形もなくなってしまう。

ドラークは、ソフィアの額にかかる銀色の髪をそっと撫でた。

彼女の目が覚めたら、すべて話さなければならない。

暗闇の中でドラークはそっと目を伏せた。

7　暁にふたり

全身を気だるさが支配している。

ソフィアは、長いこと夢を見ていたような心地だった。

幼い頃のこと、ドラークと過ごした短い間のこと、彼と離れてからのこと。そして、彼に再会した後のこと。

すべてが薄い絹の幕を通して見ているようで、現実味が薄かった。

誰かに髪を撫でられている気がして、ソフィアはぼんやりとまぶたを上げた。目に入ってきたのは見慣れた寝台の天蓋ではなかった。

星を浮かべた薄紫色の空を、黒い木々が縁取っている。不思議と肌寒くはない。空が硝子の屋根に覆われているからだ。

ソフィアは長椅子の上に寝かされ、何か硬くて温かいものに頭を乗せていた。

それが人の膝なのだと気づいて、びっくりして起き上がる。

ドラークがソフィアを膝に寝かせ、座っていたのだ。

「お目覚めですか」

「――っ！」

ソフィアは声なき声をあげ、長椅子から腰を浮かせようとした。

でも、腕を強く掴まれて果たせない。

「逃げないでください。ひどいことはもうしないから」

ドラークはひたむきな様子で見つめてくる。

懇願するような声の響きに逆らえず、ソフィアは身を強張らせながらも長椅子に腰掛けた。落ち着かない気持ちのままに辺りを見回すソフィアに、彼が静かに語りかけてくる。

「ここは城の温室です。――覚えていますか」

ソフィアは小さく息を呑み込んだ。

尋ねられるまでもない。忘れられるはずがなかった。

硝子の壁で囲われた室内を、地面に置かれた燭台がぼんやりと照らしている。

木々と花々は真昼ならばさぞ色鮮やかなのだろうが、今は影絵のように鬱蒼と黒く見えるばかり。薄明かりにかすみかけた小道の先には、睡蓮を咲かせていた池がある。遠くに聞こえるのは外から引き込まれた水路の音だろう。

「どうして連れてきたの……？　これまでずっと閉じ込めていたくせに」

「あなたに話をしなければと思ったので」

彼はそう切り出した。

「話――？」

「はい。あなたの知りたがっていたことをすべて。……今この城で、大公が幽閉されていることも、公妃が投獄されていることも、マルハレータがもうこの世にはいないということも、すべて事実です」

淡々とした声が続ける。

ソフィアは改めて胸に重い衝撃を受けた。うめき声ひとつ出ない。

「マルハレータがなぜ死んだのか、話しましょう」

ドラークは遠い目をしたままだった。

ソフィアは最後に見たマルハレータの姿を思い浮かべる。騎馬試合の晩に見た、美しいドレス姿の異母妹を。

彼がこちらに向かい合い、左手を伸ばしてきた。彼の指先につられ、ソフィアの視線は手袋を着けなくなって久しい自分の手元に移る。

「――あっ」

ソフィアは小さな声をあげた。

物心ついてからずっと肌に焼き付いていた傷痕が、もうほとんどわからないほど癒えている。

「消えかけてる……」

ドラークはソフィアの手に自分の手を重ねた。

彼の手のほうは惨い火傷の痕を残したままだ。

「あなたの傷はこのまま跡形もなくなります。あなたはこれを幼い頃に負った火傷の痕だと信じていましたが、違います。呪術を媒介する烙印のようなものだそうです。この国にまだ魔女と呼ばれる者が存在していることは、聞いていると思いますが」

ソフィアは黙り込み、目を伏せた。老婆の言い分を完全に信じているわけではなかったのだ。

「魔女たちは呪いの力を血に宿すそうです。契約には血の杯を交わし、呪いをかけるのに血を使うこともあれば、血縁のある者の間で呪いを移したりもする。あなたは赤子のときに、ある者にかけられた呪いをその身に引き受けさせられた。身代わりにされたのです。

……同じ日に生まれたあなたの従妹の」

目を見開き、ソフィアは顔を上げた。

「同じ日に生まれた――、マルハレータのこと？　でも、従妹って……」

それは、ふたりの母が姉妹同士で、父は異なることを意味する。ドラークはソフィアが大公の娘でないと確信しているのだろうか。

そして、どうしてマルハレータが呪われなければならなかったのか。

本当に呪いだったのか、あるいは、それは嘘や勘違いで、マルハレータはまだ生きているのではないか。

次々と疑念が湧いては、重く暗くソフィアの思考を鈍らせる。

「あなたには辛い話になりますが……。あなたの母君は、産褥の床で亡くなったのではありません。血を分けた妹によって毒殺され、大公妃の座を奪われたのです。妹――エデルミラは、その際に利用した呪術師を口封じのために始末しようとしました。その女は公妃のあらゆる秘密を知りすぎていたからです。その秘密とは、あなたの母君を殺したこと、そして、身籠《みご》もるために素性も知れぬ男に身を任せ、その男の子どもを大公の子と偽ったこと」

ドラークは、あの優しく美しかったエデルミラが、ソフィアの母を殺したという。

母に成り代わって公妃になるため、父の子を身籠もったと偽るべく密通したと。

そして、マルハレータは父の娘ではなかったのだと。

ソフィアの思考はそこで止まってしまった。

「裏切られた呪術師は憎悪に狂い、死の間際に復讐の呪いを口にした。呪いはエデルミラ本人ではなく、その娘に向かいました。娘が日の光を浴びられず、子を産むこともできず、花の盛りの十八の深夜に死ぬようにと」

手足から血の気が引いていき、次第に冷たくなっていく。

「でも、その呪いはあの老婆によってマルハレータからあなたに移されました。あなたがこれまで苦しめられていたのはそのためです」

ソフィアが生まれてからこれまで、生まれながらの罪深さのための業病だと信じていたものが、すべて人為的な呪いだったというのだ。

それも、ソフィアの母やソフィア自身の咎《とが》でなく、ソフィアの母を手にかけた者——義母の因果がねじ曲げられ、降りかかってきてしまったものなのだと。

「婚礼の晩、呪いはあなたを身代わりとして成就されるはずでした。あの老婆はすんでのところであなたに施し続けていた身代わりの術を解きました」

「じゃあ……」

歯の根が合わず、うまく言葉を紡ぐことができない。

「じゃあ、お義母さまがわたしを離宮に移すと言っていたのは嘘だったということ？　どうせあの日に死ぬんだってわかっていたということ？」

義母の姿が脳裏に浮かぶ。

エデルミラは、ソフィアの誕生日に白い花を贈ってくれ、マルハレータの我儘を諫《いさ》めてくれた。

ソフィアは、実の母の顔は知らなくても、彼女の美しい微笑みを知っている。十八年の間、彼女に憧れ、肉親として慕ってきた。あんな貴婦人になりたいと思っていた。

すべて嘘だったなんて、彼女が最後にはソフィアを殺してしまうつもりだったなんて、信じられるはずがなかった。

「そんなこと……」

ソフィアがこれまで信じてきたことが、どんどん手をすり抜けて失われてゆく。

暗い足下に溶けて消えていってしまうようだ。

そして、恐ろしい事実に行き当たる。

「わたしが生き延びているのは、マルハレータが死んだからなの？」

「それは違う」

語気強くドラークは言い切った。ソフィアはすぐに言い返す。

「だってそうでしょう？　どちらかしか生きられないのだから」

「いいえ、違います。エデルミラには娘を助けるための道を与えた」

彼はソフィアの手を折れんばかりに強く握り、あの晩に起こった出来事を語りはじめた。

あの夜、鬱陶しいほどの長雨が降り続く中、老婆との契約を済ませてすべての真実を聞いたドラークはマルハレータの寝室に向かっていた。もちろん、妻となった彼女と夜を過ごすためなどでは決してなかった。

数人の兵を連れて現れたドラークに、マルハレータは怪訝な顔を見せた。

マルハレータは甘ったるい声で咎め立てしてきたが、ドラークは冷たく一瞥しただけだった。

少し遅れて、囚われたエデルミラが引っ立てられてきた。ソフィアの最期《さいご》を見届けるために廃宮に向かおうとしていた彼女をドラークが拘束させたのだ。

エデルミラが事態を悟り、ドラークの裏切りをさんざん罵り疲れ果てた頃合いを見計らって、ドラークは母娘に向かって告げてやった。ソフィアを呪いの形代《かたしろ》とする術を解いたこと、このままではマルハレータが死ぬだろうということを。

そして、エデルミラにはひとつの慈悲をかけた。

自分のせいで死なねばならない娘のため、エデルミラがマルハレータの身代わりになって呪いを受けたいと望むのなら、呪術師にその術をかけさせると。

マルハレータは呪いだの身代わりだのという話を聞かされても信じなかった。嘲り笑い、母にも同意を求めた。しかし、蒼白になったエデルミラを見てようやく事態を悟ったのか、母に縋って泣きわめきはじめた。

選択を迫るドラークと泣き崩れるマルハレータを前に、エデルミラは引きつった笑いを見せた。

『すぐには決められないわ。話し合いましょう』

ドラークは、応じないということかと念を押した。

エデルミラは取り繕うように勿体ぶって小首を傾げた。

『今は決められないと言っているのよ。マルハレータとふたりで話をさせて頂戴。それくらいかまわないでしょう』

ドラークは、エデルミラの提案を鼻で笑った。

夜が明ければ死ぬという呪いだ。エデルミラは期限を知っているが、娘は知らない。

『そうして時間を稼いで、娘が死ぬのを待つつもりか。公妃の地位を得るために間に合わせで産んだ、カッコウの娘のためには死ねないか？』

ドラークの嘲笑に、エデルミラは呆然と立ち尽くして何も答えなかった。

この表情を見て、ドラークはマルハレータが大公の娘でないということを確信した。

しかし、マルハレータにはわからなかったようだ。

ドラークはふたりを寝室に置き去りにしてかたく扉を閉め、その場を離れた。

それが彼の見たマルハレータの最後の姿だった。

ドラークは仮初めとはいえ仕えた主に僅かばかりの憐れみを覚えた。

しかし、生まれたと同時に母を殺され、父の心も奪われ、名誉も健康も傷つけられてきたソフィアを思えば、驚くほど残酷な気持ちになった。

その後、部屋の物音が静まったのを見計らって中に入った兵士たちは、胸を簪《かんざし》で刺されて事切れたマルハレータと、血塗れのエデルミラを見つけた。

エデルミラは傲然と立ち尽くしたまま、微動だにしなかったという。彼女はそのまま城の地下の牢獄に投げ込まれ、鎖に繋がれている。

ドラークはそこまでを話し終え、そっとソフィアの手から自分の手を離した。

うっすらと空が白みはじめていた。

黒い影のようにしか見えなかった植物たちが、次第に青色に染め変えられ、深い眠りから浮かび上がろうとしている。

温室の中に風はない。外気よりは数段暖かい場所であるはずだ。

なのに、ソフィアの全身の震えはいつまでも止まらなかった。

血の気が引いた手足には感覚がなく、まるで自分のものではないように思える。長椅子に腰掛けているのがやっとで、少し気を抜いたら地面に崩れ落ちてしまいそうだ。

ドラークの話したことがすべて真実だというのなら、子どもを産んだと同時に殺されてしまった母があまりにも哀れだ。母は公妃として大公家の墓所に入ることもできなかった。長く噂され続けた母の不貞《ふてい》とて、真実とは限らない。義母が自分の地位を守るために母に無実の罪を着せたかもしれないのだ。自分が犯した罪そのままの濡れ衣を。

これまでソフィアに訪れた辛く悲しい出来事は本当ならば何ひとつ起こる必要はなかった。自分には全く別の生き方があった。そう知らされることにも戸惑いしか感じられない。

まだ信じられない、信じたくないという思いの方が勝っている。

「俺を悪魔のような男だと思いますか」

ドラークの静かな問いかけに、ソフィアは大きく息をひとつ呑み込んだ。

隣に座る彼にぎこちなく顔を向ける。

幼い頃、他ならぬ実の母から、彼はそう罵られていた。

ほんのいっときのことではあるが、ソフィア自身も、彼の赤毛が血に染まったように見えて恐ろしいと思ったことがあった。

ソフィアは俯いて目を伏せ、唇を噛んだ。

「あなたの話したことが本当なら……」

ソフィアはお腹の奥底から声を絞り出した。

彼がマルハレータにしたことは、主をみすみす見殺しにした以外の何ものでもないのかもしれない。

エデルミラにしたことは残酷な復讐でしかないのかもしれない。

忠誠を誓うべき父を幽閉しているのは騎士としてあるまじき行為なのだろう。

自分自身が繰り返し陵辱されたことの恐怖も本能的に薄れはしない。

「あなたが悪魔になろうとしたのなら、やっぱり、わたしのためだわ」

ソフィアははっきり言った。

「わたしを助けるために大公家に入ったのね」

ドラークがゆっくりと首を横に振る。

「違います。すべては私欲のためです。大公家の婿になったのはあなたが奪われ続けたものを返してやりたいという気持ちからだったはずなのに、いざあなたを目の前にすれば、すべての行動の目的が、あなたを手に入れ、俺の腕の中に閉じ込め続けることにすり替わっていきました。今日までこの話を先延ばしにしてきたのも、あなたに逃げられたくないという怯懦《きょうだ》からにすぎません。あなたを繋ぎとめるためには、身体を重ねて、子を孕ませるのがいいとも思いました」

彼の横顔が、差し込んでくる朝日に照らされる。彫りの深い彼の顔に鋭い陰影が浮かぶ。

「俺はいずれ、大公に退位していただき、自分で大公の地位に就くつもりです。その暁にはあなたに俺の妻になっていただく」

強い決意を声に滲ませ、ドラークは続けた。

「あなたは望まないかもしれないが、俺はあなたを、この温室の花のように守りたい。風にも当たらぬ温かな場所で、生きる糧も何もかもこの手で差し上げたい。あなたはただ俺の側で美しく咲いて、甘い香りを薫らせてくれればいい。あなたはそれまで、ただ待っていてください」

ひとつひとつ、言葉の重みを確かめるように彼は口にする。

ソフィアにはすぐには返事ができない。

ためらいは重い沈黙になってふたりの間に横たわる。

室内が次第に明るくなってきた。

ソフィアはまぶしさに目を細めた。日の光を浴びることへの恐怖は拭えない。

無意識のうちに日陰を探すソフィアの肩を、ドラークが抱き留める。

「目を閉じて。俺に身を任せていてください」

身体は逃げようと動きかける。しかし、背中を抱かれ、ぎゅっと手を握られて、身じろぎできなくなってしまう。

ソフィアは諦めのような心地でゆっくりとまぶたを閉じる。

縮こまらせた身体をぎこちなくドラークに預けた。

初めは髪、次に肩から胸にかけて、ぽかぽかとした暖かさに包み込まれる。

暖炉の前にいるような、いや、それよりももっと優しい、ふんわりとした温もりだ。母に抱かれる赤子は、こんな気分になるのかもしれない。

ソフィアはうっすらとまぶたを上げた。

目に映るものすべてが、鮮やかな色彩を放っている。

花は美しく咲き誇っており、木々は息を吹き返したようにさやさやと梢を揺らした。

空気までも色を変え、強く香るようだ。

ドラークの腕の中で、ソフィアは朝を迎えた。

土の中にいた蛹《さなぎ》が日の光を浴びて、長く深い眠りから目覚めるように。


ソフィアの居室は、廃宮から城の中央に移された。

エデルミラやマルハレータが使っていた場所ではなく、城で客人を迎えたときに使用される一角で、警護が行き届きやすいというのがその理由だった。広々とした二間続きの部屋にばあやとじいやのふたりが戻され、他にも複数の女官が付いた。

ドラークに認められる限りのことではあるが、城内を短い時間だけ散策することも許された。

ソフィアが初めてお忍びではない外出先に選んだのは、城の外れにある母の墓だった。

そして、そこでひとりの人物と落ち合う約束もしていた。

時刻は日の落ちかけた夕方だった。

真昼に比べれば弱まるとはいえ、外に慣れないソフィアにはまだ日の光は毒だった。ばあやに念入りに肌を隠す衣装を着せつけられ、日傘を差して外に出た。供には、ばあやとドラークが手配した兵士が付けられた。

そこは城壁の中ではあるが、鬱蒼とした森との境目にある、もともと人気《ひとけ》の少ない場所だ。今は人払いされているらしく、使用人の姿も見えない。

森の入り口にあたる場所に、石畳に囲われた墓標《ぼひょう》がひとつ。

その人は墓標の傍らに立っていた。

これまで長年交流がありながら、一度も対面したことのない男。

ドラークの養父であり、ソフィアの叔父であるネルドラン公爵だった。

静かに佇んでいた彼は、ゆっくり近づいてゆくソフィアに気づいたようだった。落ち着いた調子で話しかけてくれる。

「――会うのは初めてではなかったね」

ソフィアは顔を伏せ、片手でドレスの裾をつまんでお辞儀をした。

「はい。……公爵」

「これまで、なぜ姿を見せなかったかわかってくれただろうか」

ソフィアは小さく頷いて、彼の顔をまっすぐに見つめた。

額から頬にかけて焼け爛れたような痕があり、かつては美しかっただろう容貌を大きく損なっていた。

ソフィアはドラークから事前に、彼の容貌のことも、かつて彼が母の夫になるはずだった人だということも聞いていた。ドラークの計画に賛同し、幽閉されている父の不在における宮廷での実務を一手に引き受けているということも。

彼はソフィアにその姿を怖がられたくはなかったのだ。そして、ソフィアの父ではないかと噂を立てられるのも本意ではなかった。このふたつのことは、ここに来る前にばあやが教えてくれた。ばあやはかつて公爵と一切面識すらないと話していたが、母の娘時代から既知の仲だということだった。

大公家の過去にまつわる話を、ソフィアはまだすべて信じることができないでいる。ドラークが望むように、彼に守られるばかりで生きていくことができるとも思えない。何かに縋るようにソフィアは彼との対面を求めたのだった。

「こちらへ。ここへ来るのは初めてなのだろう」

公爵は墓標の前から一歩退き、ソフィアに場所を譲った。

墓標は、ソフィアの両腕で一抱えほどの大きさの白い箱形の石だった。母の名と、僅か二十数年の短すぎる期間が記されており、公妃の称号は刻まれていなかった。

墓標の周りにはさりげなく白詰草が繁り、可憐な花を咲かせている。

ソフィアは、母の墓は日の当たらぬ場所に忘れ去られ、苔《こけ》むしてしまっているのではないかと心配していたので、胸をなで下ろす思いだった。

「公爵が手入れをしてくださっているのですね」

ソフィアが問いかけると、彼は後ろで小さくため息をついたようだった。

「ごく、たまにだ」

ソフィアは小さく頷いて、横からばあやが差し出す花束を受け取った。ゆっくりと墓標の前に屈み込み、地面に花束を供える。

「——母は、どんな人だったのでしょうか」

ばあやは、美しくて優しい人だったという。ソフィアが生まれるのを楽しみにしてくれていたと。

でも、本当はそうでなかったのではないだろうか。母はもともとネルドラン公爵に嫁ぐはずだった。大公とはやむを得ず結婚させられたのだから、ソフィアのことも望んでいなかったのではないか。

あるいは。

ソフィアは、ネルドラン公爵が自分の本当の父親なのではと思いはじめていた。たとえ母が密通の罪を犯していたとしても、本当に好きな人と結ばれていたのならば幾分か救われるような気もしていた。

「彼女は明るく健やかで、本を読むことが好きだった。手先はあまり器用ではなく、機織りも竪琴《リラ》もあまり得手ではなかったが、歌がうまくて、よく聞かせてもらったものだ」

ソフィアはしゃがみこんだまま天を仰ぐように公爵を見上げた。

声こそ父とそっくりではあるが、その澄んだ目も、真摯で思いやり深い態度も、全く印象を違えるものだった。

彼は懐かしいものを映す目で墓標を見つめている。

「敬虔で気高い人だった。決して、宮廷の雀たちが無責任に垂れ流す噂を信じてはいけない」

その言葉は暗に、母が不貞を働いていたのではないと示していた。

勝手に期待して突き放されたような気持ちになって、ソフィアは俯いた。

「私が知っているのはそれくらいだ。彼女が兄と婚約した後、私は外国に留学して、しばらく国には戻らなかった。周りに結婚しろとせっつかれるのが嫌だったからね。あなたが生まれる一年ほど前に帰ってきたが、それがエデルミラにつけ込まれる隙になったのだろう」

ソフィアが自分が彼の娘だったらよいと思ったのには、まだ理由があった。

ひとつは、母を疑って不遇のうちにみすみす死なせた大公ではなく、今もおそらくは母を大切に思ってくれているだろう公爵のことが慕わしいと思えていること。

もうひとつは、本当に卑怯で自分に甘いことだけれど、自分が大公の嫡子であり、ドラークがソフィアのその地位を肩代わりしようと行動しているという現実を、ソフィア自身が受け止めきれていないということだ。自分が公爵の実の娘だったならば、自分自身の気持ちが楽になる。ただそれだけのためだった。

「ドラークは、あなたの養子として、わたしの婿として、いずれ自分が大公になるつもりだと話しています。それは公爵もお認めになっていることなのですか？」

ソフィアは生まれてからこれまでの間、一度も城壁の外に出たことがない。

それどころか、廃宮の外の世界については本で読んだ限りのことしか知らず、限られた人以外と接したこともない。マルハレータのように公女としての教育も受けておらず、何よりもその覚悟がなかった。

ドラークもそんなことは承知の上なのだろう。

だから、ただ待っていればいいと言ったのだ。ソフィアの心の弱さを見抜いて、弱いままでも生きていけるよう守るために。

「本来なら、父の跡を継ぐ正当な世継ぎは公爵でいらっしゃるのでは？」

ソフィアの問いかけに、彼はうっすらと苦いものの滲む笑みを浮かべた。

「私が継いでも、次を継ぐ者がいない。それに、もう守りたいものもない。あなたたちが継ぐことがこの国の民にも最善の道になると思っている。もちろん私も陰ながら支えるつもりではあるが」

母に対して、ソフィアは自分がとても恥ずかしいと思った。

意に沿わぬ結婚とはいえ、黙って運命を受け入れ、公妃として相応しくいようと気高くあった母に比べて、自分は臆病で逃げることばかり考えている。

「この国の政はぎりぎりで成り立っている。長期間にわたって跡継ぎが定まらず外患に悩まされているばかりか、兄は政務に関してはからきしで、公妃が財政にも宮廷人事にも私情を差し挟むのを看過《かんか》し続けてきた。あの青年ならばそこに大鉈を振るえるだろう。何より、国主は若くて美しく、人気があるに超したことはない」

公爵は冗談のように最後にそう付け足して苦笑した。

「だが、あなたがそれを望まないなら、別の方法を考えよう。ここからは、宰相としてではなくあなたの叔父として話すことだが」

彼は一歩足を進め、墓標にそっと手を伸ばした。

「婚儀の晩にあの青年から聞いたが、私のこの風貌も、病も、呪術師の呪いによるものだそうだ。あなたの母を殺したのも、あなたを長年呪いによって苦しめ続けたのも。彼女らはそうやって長きにわたってこの大公家の醜い争いに利用されてきた。私は、長く宮廷にいてもその正体に気づけず、あなたの母もあなたも守ることができなかったことを後悔している」

彼は墓標の上で固く拳を握った。

「だからせめて、彼女の忘れ形見であるあなたが幸せになれるよう力を尽くすつもりだ。あなたの望むように計らおう。城を出て別の人間として生きていきたいのならそのように手配を調えるし、あの青年を同道させたいなら見送ろう。逆に、もはや彼の姿すら見たくないというのなら、彼を説得してもいい。彼が聞き入れるかどうかは別だが……」

公爵の手が墓石の表面をそっと撫でた。

その仕草は、ドラークがソフィアの手をさするときの手つきによく似ていた。

ソフィアは喉を塞がれたように、声を出すことができなかった。

ここに残る勇気も、出て行きたいという希望も、まだ何もはっきりとせず、自分の心の中のことなのに雲を摑むかのようだ。

公爵は、ソフィアに何かを望めと促す。

ドラークは、目を瞑ってそのままでいてもいいと言う。彼がソフィアを望んでくれるのだから縋ってよいのだと、流されてしまいそうになる自分がそこにいる。

でも、それは彼に対する恋でも感謝でもない、ただの惰性のような気がした。

「わたしはまだ……、何も決めきれないのです」

ソフィアはぽつりとやっとそれだけを言った。

「義母があんなことをしていたということも信じられない。信じたくないのかもしれません。マルハレータのことも……」

ゆっくりと立ち上がり、ソフィアは背後に立つ公爵に向き合った。

日は落ちかけて、空は夕闇色に染まりはじめている。

「この目で確かめたい。義母のしたことも、ドラークのしたことも」

公爵は僅かに眉を顰めた。

「あなたには辛いことになる」

本当はとても怖い。

すべて忘れて、なかったことにしてしまいたい。

ソフィアはゆっくりと沈んでいく夕陽を見つめた。

空も城も、そして母の墓標も、鮮やかな赤色に染まっていく。

それは彼の髪の色を思い出させる。

春の風はまだ少し冷たい。その風に髪をなぶらせながら、今ここにはいない人の顔を思い出していた。

ソフィアは唇を噛み、こくりと息を呑み下す。

「それでも」


ドラークはその日の夜、ものすごい勢いでソフィアの居室に駆け込んできた。

「あなたがいつかエデルミラに会いに行くと言い出すかもしれないとは思っていました。だがまさか、それを公爵に直訴するとは」

彼は人払いした途端に厳しい表情で言った。

「絶対に許しません」

彼は眉根を寄せ、地を這うような低い声で宣言する。

ソフィアは長椅子に腰掛けたまま目線を上げて彼を見る。

彼はネルドラン公爵のもと、大公不在の宮廷を回していくために政務の一部を担っており、日中はそちらにかかりきりになっている。顔色には少し疲れが見えた。

部屋を移ったソフィアの前に彼が姿を現すことは今日までなかった。エデルミラに会いに行きたいと公爵に告げたことがすぐさまドラークの耳に入ったようだ。

ドラークはソフィアに近づき、座ったままのソフィアの肩に両手をかける。

「聞きたくもないことを聞くことになる。それに、あの女がこれまで騙してきたあなたに馬鹿正直にすべてを話すと思いますか。あなたが甘言で丸め込まれ、罪悪感を抱かされ、傷つくのが目に見えているのに行かせられるはずがない」

指が食い込むほど強く肩を摑まれ、ソフィアは痛みに微かに顔を顰める。

ドラークはその反応に気づいただろうに、一向に力を緩めてはくれない。

数日前まで彼に軟禁され、組み伏せられて抱かれていたときの記憶が蘇る。逞しいドラークの前では、病み上がりのソフィアは非力だ。

またあんなふうに拘束され、いいように扱われることには耐えられない。

意思も抗いも無視され、一方的に快楽を送り込まれて自分が自分でなくなるのは怖かった。彼がソフィアのためにしていることの事情がわかった今でも、あんなふうに無理やりに言うことを聞かされるのは嫌だった。

ソフィアは震える声で言った。

「でも、自分で、お義母さまの口から聞きたいの」

「俺やネルドラン公爵の言葉は信用ならないですか。俺があなたにひどいことをしたから――」

切羽詰まったような声で訊かれ、ソフィアは初めて、彼も少なからずあの間のことを悪かったと思っているのだと気づく。一言だって詫びられてはいないし、彼もそんな素振りは一度も見せたことはなかった。

本当はドラークもあんなことはしたくなかったのかもしれない。

もっと別の形で再会し、少しずつ心を近づけるという道もあったのかもしれない。

時を遡って、そんな道との分岐に立ち戻ることはできないけれども。

「……そうじゃないの。わたしは、信じるために行きたいのかもしれない」

彼の言葉と、彼がしたことを。

それが騎士道や倫理に背くことであっても、誰かを裏切ることであっても。

その言葉に、ドラークの手から力が抜ける。

滑り落ちかけた彼の左手にソフィアは自分の手を添えた。

「わたしは、あなたに相応しくなりたいから」

彼の手を引き寄せて、そのてのひらに自分の頬を寄せる。火傷の痕はつるりと滑らかで、温かかった。

ドラークが小さく息を呑み、ソフィアの顔を覗き込んでくる。

ソフィアはまっすぐに彼の翡翠色の瞳を見つめ返した。

彼が両手でソフィアの顔を包み、ゆっくりと身を屈めてくる。

その先に続く行為を知らないふりはできない。

ソフィアは受け入れるように目を閉じる。

温かく乾いたものが唇に触れた。一度離れ、再び重なってくる。今度のくちづけは深く、角度を変えて繰り返し、記憶を塗り替えていくように感じられた。

いつの間にかソフィアの結い髪をほどいた彼の手が、背中に下り、腰を抱いてくる。

彼はソフィアの反応を探って、不快に感じるようなことは一切しなかった。一瞬でも長く触れあっていたいとでも言うように優しく巧みだった。

ソフィアは、舌が絡み合う熱さと柔らかな粘膜の感触に、強い酒に酔ったようになってしまう。頭がぼうっとして、身体が芯から温かくなるようだ。

「ソフィアさま……」

くちづけの合間に名を呼ばれながら、ソフィアは彼の後悔と激情が自分の身体に注ぎ込まれてくるのを感じた。

ソフィアはそれに流されてしまいたいとは思わなかった。ただ、言葉にはならない彼の感情をひとつ残らず受け止めたいと思った。

互いの息が上がり、唇がひりひりと腫れるほど長い時間が経った頃。

ドラークはもう一度ソフィアを固く抱きしめ、深いため息をひとつだけついて、突き放すように身体を離した。

そして、振り切るように踵を返し、部屋を去って行ってしまった。


ソフィアの部屋に迎えが来たのは、その翌日。

使者はソフィアのよく知る人物——呪術師の老婆だった。

彼女はソフィアを城の地下深い場所にある牢獄へ案内した。暗い螺旋《らせん》階段を下りる道すがら、彼女は訥々《とつとつ》と話しはじめた。

「ドラークどのは、あなたを危険な目に遭わせることを怖がっています。剣を持てば恐れ知らずの騎士が、あなたの心にも身体にも小さな傷ひとつ負っていただきたくないと考えているのですよ」

老婆の携えた燭台が辺りを照らすが、ひどく心許ないように思えた。

牢獄の中では、ぴちゃぴちゃという水音や鼠の走り回る音が絶えず聞こえた。かび臭さと湿気に喉をやられてしまいそうだし、足下から這い上がってくる冷気は歩みを進めるごとに強くなる。闇が深まるにつれ、言いようのない不安が募った。

そんなソフィアの心情を察したかのように、老婆の声は穏やかだった。

「私にもそういう存在がありました。守ってやらねば、幸せにしてやらねばと思っていました。もう、とうの昔に亡くしましたが……」

彼女は沈んだ声でそう言って、灯りを掲げる。

ぼんやりと照らされた先にドラークが立っていた。

老婆はソフィアの背中を彼に向けてそっと押しやると、重い鉄の扉を開いた。

「あなたはドラークどののお側に。あなたが聞きたいことは、私が代わりに尋ねて差し上げましょう」

「どうしておばあさんが？」

ソフィアが尋ねると、ドラークが答えてくれる。

「俺が頼みました。彼女も、どうしてもエデルミラに尋ねたいことがあるというので了承してくれたのです。ふたりの話を聞いた後、それでもまだ直接に話したいというのなら止めません」

ソフィアは一抹の不安を覚えながら頷いた。

いくつかの扉をくぐった後、ドラークにここから先は話してはいけないと言われ、気配を消してふたりで物陰に身を隠した。

老婆が開けたその先の扉の向こうに、鉄格子がはまった独房があるらしかった。そのあたりが急にふわりと明るくなる。壁にかかった松明に燭台の火が灯されたようだ。

「――公妃さま」

老婆が静かに呼びかけた。沈黙はすぐに破られた。

「何をしに来たの？　あの若造にいいように使われた役立たずのくせに」

女の冷たくひび割れた声が牢内に響いた。叫び、泣き尽くした後のように嗄れているが、間違いなく義母の声だった。

ソフィアは一度だけその高慢な物言いを聞いた覚えがあった。一月半ほど前、あの宴の翌日。そのときも相手は老婆だった。

「私は契約を交わした相手に従います。私の今の主人は大公殿下とあの青年のふたりですが、大公殿下は私にご命令どころか接触もなさらなかった。ただそれだけのこと」

「それは大公殿下があの若造と公爵の支配下にあるからでしょう。何度繋ぎをとろうとしても無駄だった。おまえを使おうと思っても、もはや頼みにならないわ」

その話しぶりは傲慢という以外に形容のしようがない。マルハレータがそのまま大人になったような、いやむしろ、数倍きつい印象だ。

これまで彼女がソフィアに見せてきた姿とはまるで違う様子に戸惑うほかない。

老婆は肯定の代わりに沈黙を守った。

「――もういいわ。それで、ここには何をしに来たの。あの若造に、わたくしを殺せとでも命じられたの？」

「いいえ」

老婆が短く否定した。

「あなたは私の命の恩人とも言える方。十八年前、私の座を狙う妹を排除してくださったことをお忘れではないでしょう？　私はおかげで今もこうして大公家にお仕えできているのですもの」

ソフィアはその言葉に目を見開いた。動揺を隠せないでいると、後ろに立つドラークに背を抱かれた。

義母も虚を衝かれたようだった。

「我が一族は長の座を争って血みどろの争いを続けてきました。森の奥深くでひっそりと暮らしながらも権力への欲求は断ちがたく、親子でも兄弟姉妹でも牽制し合い憎み合い、相手を出し抜くために毒や呪術を操ってきた。私と妹はそんな争いを経て生き残った最後のふたりでした」

老婆は静かに、壮絶な一族の歴史を語った。

まるで、義母とソフィアの母のようだ。

「ひとつだけ気になっていることがあるのです。妹は呪術の腕はさほどでもなかったけれど、毒の調合には長けていて、どんな毒を盛られてもすぐに気づけるほどの感覚の持ち主でした。そんな妹を、あなたはどうやって始末したのです？」

問いかけは、氷が割れる音のようにひび割れ、何の感情もこもってはいなかった。

「そんな些末《さまつ》なことは忘れたわ」

つまらなそうに言う義母に、畳みかけるように声がかけられる。

「思い出せないのなら教えて差し上げましょうか」

足音が聞こえ、鉄格子が軋む音が続いた。

老婆が囚われの義母に近づいたのがわかる。

「あなたが大公と結婚してマルハレータさまをお産みになった直後、私は大公に一族の長にだけ伝わる無味無臭の毒を作るよう命じられました。……あなたはそれを私の妹に使ったのですね？　妹が、あなたの命令でソフィアさまの母君に毒を盛ったことの口封じに」

ソフィアはドラークの腕の中で戦慄した。

実の姉に毒を作らせ、その毒で妹を殺したというのか。

老婆はかつて、自分にも妹がいたと言っていた。そのとき彼女はとても優しそうな目をしていたと思う。妹が殺されたことを感謝していたとは思えないのだ。

そして、ソフィアの母を殺したという老婆の言葉を、義母は否定はしなかった。

ドラークがソフィアを抱きしめる腕に力を込めてくる。

ソフィアは無意識のうちにその手に縋っていた。頼るものが欲しかった。

「だったらどうしたというの。あの女はおまえの代わりに自分を一族の長に据えるようにわたくしを揺すってきたのよ。いずれマルハレータにも害を及ぼしたはず。おまえが作った毒を娘を守るために使って何がいけないの？」

「娘を守るためとおっしゃいますが、あなたはあの晩、ご自分がマルハレータさまの身代わりになることを拒まれたばかりか、自らの手で殺《あや》めた」

ふと、牢獄の入り口を光がかすめたのが見えた。

重い足音が近づいてくる。まるでふらつきながら進んでいるかのような。

「マルハレータのことは不可抗力だったのよ。ああしなければわたくしがあの子に殺されていた。あの子の代わりはまたつくれるけれど、わたくしが死んでは意味がないわ」

「あなたにとって一番大事なのは、血を分けた娘でもなく、大公家の未来でもなく、あなた自身の今の地位なのですね。――ですが、大公の血を引く娘を手にかけた背信の罪はあまりに重い。マルハレータさまが大公の血筋でないというならばともかく」

義母と老婆が対峙し、ドラークとソフィアが隠れて待つ場所に、誰かが現れようとしていた。奥にいる老婆たちはまだ気がついていないようだった。

「何を今更。おまえにはソフィアを呪いの身代わりにするときにすべて話したでしょう。マルハレータに大公の血は流れていないわ」

いくつかの人影がソフィアたちの前を横切ったと同時に、義母の声が途切れた。

「――そうなのか？　弟が私に話したことは嘘ではないというのか」

男の声だった。声の質こそネルドラン公爵とそっくりだが、聞き間違えようもないほどその響きが違っていた。荒み、掠れ、酒か薬に焼けてしまったように聞こえる。

ふらついたような足音が響き、鉄格子ががたんと大きく軋んだ。

「すべておまえの仕業だったのか？　あれは――、あれは無実だったのか。マルハレータは私の娘ではなかったのか。それもおまえが殺したというのか」

父の言葉に、ソフィアの背筋がぞわりと震えた。

老婆の語りかけは、この瞬間を導くためだったのだ。ここに幽閉中の父を呼び、義母から引き出した告白をすべて聞かせるために。

「私は、自分の血を引くソフィアを、偽物の娘を助けるために身代わりにしていたということなのか？」

ソフィアは口元を両手で覆った。

父も承知でソフィアを身代わりにしていた。そうでなければ老婆は呪術を使えなかったのだ。薄々は感づいていながら、考えまいとしていたことだったのに。

「殿下、待ってくださいませ。これには事情があって――」

義母が取り繕うような猫撫で声で言ったが、父の耳には届いていないようだった。

ろれつの回らぬ口調で、怒号のように叫ぶ。

「すべておまえの言うようにしてきてやったというのに、おまえは初めから私を裏切っていたんだな。おまえこそが私の子を産んでくれたと信じてきたのに……！」

咽《むせ》ぶような呻きとともに、がたがたという金属音が辺り一面に響いた。

父が鉄格子に縋り付いて揺さぶっているようだ。

「――殺せ。この女を」

父は老婆に向かって言い捨てた。

「あれを殺したのと同じ方法で殺せ」

あれ、と父はソフィアの母を呼んだ。きっともう、その名を思い出せないのだろう。

「それはできません」

冷ややかな声で老婆が答えた。

「な……」

口ごもった父に向かって、老婆は毅然と宣言する。

「私はもう、あなたのご命令を聞くことはできません。我が一族と大公家の契約は潰《つい》えたのです。あの晩、あの青年は私と契約を交わし、ソフィアさまの呪いをあるべき形に戻した後で、私のことを解放してくれたのですよ。『好きにするといい』と言って」

義母と父が息を呑んだのがわかった。

ドラークはソフィアを抱きしめる腕を緩めぬまま、黙って成り行きを見届けようとしている。

「ですから、今私がしていることはすべて自分の意思によるもの。私に、世界でたったひとりの妹を殺させた、あなたがたへの復讐のために」

「ふざけるな！　大公家の、この国の主は私だ。そんな勝手は認めない！」

「あの青年を世継ぎとお認めになり、契約を許したのは大公ご自身です。その世継ぎが私を要らぬと言ったのです。時を遡ることはできませぬ。死んだ人を蘇らすことができないのと同じように」

「この――汚らわしい魔女めが！」

部屋の灯りが大きく揺らぐ。

ドラークがソフィアを抱いていた腕を緩めた。腰の剣に手をかけながら物陰から飛び出していく。ソフィアも思わずその後を追いかけてしまう。

ソフィアが目にしたのは、狂気じみた目つきで老婆の胸ぐらを摑んだ父、立ち往生したままの兵士たち。

そして、鉄格子の向こうで凍り付いたように動かない義母の姿だった。

「おまえ――」

父はドラークの姿を認めるなり、忌々しそうに吐き捨てた。

「恩知らずめ。赤毛に目を瞑って、辺境伯家の出にすぎないおまえを婿に取り立ててやったというのに……」

ドラークは顎を引き、黙って罵倒を受け止めていた。

父はその態度が余計に気に障るのか、老婆を突き飛ばすとドラークに近づいてくる。

しかし、何か信じられないものを映したようにその目が見開かれ、顔色は青ざめていく。

父はドラークの肩越しに、まっすぐにソフィアを見ていた。

「ア……、アマーリア……」

つっかえたような声が呼んだ。その名はソフィアの母のものだった。

この十八年以上、宮廷では誰からも呼ばれることのなかった名だ。

父は亡き母とソフィアを混同しているらしかった。

「アマーリア、許してくれ。私はこの女に騙されていたんだ。おまえのなきがらを霊廟に入れるなと、ソフィアも弟の娘なのだから遠ざけろと言われて、この女の言うとおりにしただけなんだ」

もうドラークは父の視界には入っていないようだった。必死に言い募りながら、両手を広げてソフィアによろよろと向かってくる。

その姿にソフィアは本能的な恐怖を覚えた。自分は姿を見せるべきではなかった。おのれの短慮を後悔してももう遅い。

「アマーリア、許してくれ。優しいおまえなら頷いてくれるだろう？　なあ……」

父の目は正気を失い、濁ってぎょろぎょろと左右に動いている。

ドラークが剣を引き抜いてソフィアを背に庇う。

そのとき、高らかに女の声が響いた。

「ほほほ……あはははは！」

全員がぎょっとして鉄格子の中を見た。

義母が口に手を当て、背を反らすように笑っていた。

「そこにいるのがお姉さまなら、どうして他の男に守られていますの？　わたくしの言ったとおり、やっぱりお姉さまは殿下ではなく別の男を愛しているじゃありませんか！」

義母の言葉は悪意と憎悪に満ちていた。

まるで毒の杯をひとりひとりに渡していくようだ。

父は長年その毒を盛られ続け、洗脳されてしまっていた。まるで子どものようにおろおろとソフィアとドラークに交互に視線を向けている。

「あのときのように、間男は成敗してしまったら？　醜くなって子どももつくれなくなってしまった弟のように」

ソフィアは目を瞠った。

ネルドラン公爵にかけられた呪いは、やはり他ならぬ父が命じたものだったのだ。嫉妬に狂った父が、亡き妻の密通の相手と疑って、実の弟を害させたのだ。

父は壁に飛びつくようにして、掲げられていた松明を手に取った。燃えさかる炎にあかあかと照らされ、その顔は悪鬼のごとく醜かった。焦点の合わない目がいっそう大きく見開かれる。

その瞬間、父は松明を大きく振りかぶってドラークに襲いかかった。

「ドラーク！」

ソフィアは思わず叫んだ。

彼は剣を構え、そこを動かなかった。ソフィアを背にしていなければ容易に避けられたはずだ。なのに、彼は一歩も退かずに剣を払っただけだった。

暗い牢獄に火花が散る。

その一閃で父は無防備な胴を打たれ、床に倒れた。

「お怪我はありませんね」

ドラークは父に注意を払いながらソフィアに問いかける。

ソフィアが何度も頷くのをドラークが確認したとき、父が再び松明を手にし、恐るべき素早さでドラークの腕に飛びついた。

そして、彼の顔に向けて火を突き出す。

「――ドラークっ！」

ソフィアが再び声をあげた瞬間。

ドラークは左の手で炎の塊を受け止め、父の身体ごと壁に向かって打ち払う。

父は吹っ飛ばされて壁に頭をぶつけ、気を失ったようにぐったりと動かなくなった。

剣が重い音を立てて松明の側に転がった。火が剣の房飾りに燃え移り、ソフィアの髪で作られたそれを焼き尽くしていった。白い煙が上って消えるまで、あっという間の出来事だった。

老婆が慌ただしくドラークに退出を促す。

彼は熱さと痛みのため、苦悶に表情を歪ませながら、無傷の右手でむしるようにソフィアの腕を取った。

ソフィアは強く手を引かれながら牢獄の中を振り返る。

兵士たちが倒れた父を拘束しようと近づいていた。

鉄格子の中から、義母が――否、かつて義母だと慕っていた人が、顔を引きつらせ、恨みを込めた目でソフィアを見つめていた。

やせ衰え、やつれ果てた彼女からは以前の優雅さも微笑みも失われている。

仮面はすべて剝がれ、今ここにいるのは悪魔のような本性の彼女だけだ。

彼女を責め、詰りたい思いは確かにあった。

すべてを奪い尽くされ、名誉まで汚され続けている母の無念を思い知らせてやりたいと思う。自分の長年にわたる寂しい境遇もこの人のせいなのだと思えば、問い詰め、思う存分罰してやりたいという気持ちが湧き上がる。

ソフィアはぎゅっと拳を握った。爪がてのひらに食い込み、腕がぶるぶると震えた。

自分の手が自分のものではないようだ。

それは、見慣れた傷痕がもうこの手にはないから。ドラークがソフィアを助け、守ってくれたからだ。

その彼が今、怪我を負って苦しみながら、ソフィアの手を取ってくれている。

ならば、ソフィアが居たいのはもうこんなところではない。

「お父さま、お義母さま」

ぎこちなくその呼び名を口にする。

二度と彼らにこう呼びかけるない日は来ないだろう。

「――さようなら」

ソフィアは鉄の扉をくぐった。

後ろを振り返ることはもうしなかった。


庭に明るい陽光が注いでいる。

その光は室内に届くことはなく、部屋は静寂と涼しさに満ちている。

ドラークが治療を受けているのは、ソフィアが育ったところ——廃宮だ。城内にありながら人目を避けて静養するのに相応しい場所だった。

ドラークは今、老婆の調合した薬を飲んで眠っている。その左腕には痛々しい白い包帯が巻かれていた。

彼の火傷はひどいものだった。

ドラークは傷を負った後も平然としていたものの、牢獄を出て老婆による治療を受けはじめるなり、ソフィアの腕の中で意識を失ってしまったのだ。

松脂《まつやに》の染みた松明を直に受け止めてしまったために、てのひらから手首までの皮膚が深く焼け爛れ、治癒には一月以上を要すと思われた。水ぶくれが治り、潰瘍《かいよう》が治まっても、大きな瘢痕が残ることは避けられないという。関節や筋に障害が残れば、左手で剣を握ることは難しくなるかもしれなかった。

　薬が効いて眠っている間は、彼が痛みにうなされることはない。しかし、目覚め、呻きを殺して苦しみに耐えている姿は、看病しているソフィアが涙をこらえきれないほどだった。

　ソフィアはドラークの側から片時も離れなかった。

　老婆に教わったとおりに包帯を替え、薬を塗り、彼に食事をさせた。眠るときは寝台の側に長椅子を置いて、いつでも起きられるようにした。

　時折、我に返ったドラークに、そんなことはしなくていい、部屋に帰ってくれと言われたけれど、ソフィアは決して譲らなかった。

　その間に、ネルドラン公爵は父や義母たちのことを片付けていた。

　父は錯乱し、女性なら誰彼かまわず亡き前妻の名で呼んで縋り付き、男性ならば実弟とみなして襲いかかるようになってしまった。大公自身の名誉を守るためにも相応しい場所での幽閉が適当ということになり公爵の監視下にある離宮に移ることになった。

　義母はすべての罪を暴かれて、もはや元の地位に戻る術はないことを悟ったようだ。毒を仕込んだ指輪を隠し持っていたらしく、牢獄の中でその毒を飲んで自害したという。

　マルハレータのなきがらは、公女として大公家の霊廟に納められた。公爵がソフィアの頼みを聞き入れてくれたのだった。

　ソフィアは、薬によって眠っているドラークの顔にそっと手を伸ばした。

この廃宮で共に過ごした一年の間に、ドラークが寝台に横たわるソフィアの隣に座っていてくれることがあった。時には寝顔を見られたこともあったかもしれない。

けれど、再会してからの期間も含めて、ソフィアが彼の寝顔を見るのは初めてだった。

彼は痛みを忘れたように安らかに目を閉じていて、少しだけ幼く見えた。形の良い眉、髪と同じ色の繊細なまつげ。すっきりとした鼻梁《びりょう》。薄い唇は時には酷薄《こくはく》そうに見えるが、今は少しだけ緩んであどけないほどだ。

そのこめかみには、薄い切り傷の痕があった。よく見れば、首や腕など、あちこちに癒えて消えかけた傷痕がある。彼が長年にわたって積み重ねてきた、鍛錬や戦場での経験の証しのようだ。

それに対して、彼に触れるソフィアの左手から呪術の烙印は消え、その痕跡は残っていない。守られ、癒やされ、傷ひとつない、真っ白で透けるような弱々しい手だ。

ソフィアの身を守るために、ドラークはより重い怪我を負ってしまった。

武術に長けた彼のことだ。無防備に背後に立っていたソフィアを庇おうとさえしなければ、容易に父の反撃を避けることができたはずだ。

ドラークに無理やり抱かれ、純潔を奪われてしまったことを許せるとは思えない。けれど、ああやって傷つけたのと同じかそれ以上の強さで、それこそ命がけで、彼が自分を守ろうとしたことは確かなのだ。

ソフィアにとっては相反するようにしか思えないふたつの行為は、彼の中では矛盾しないものなのかもしれない。

彼の前髪に指を絡める。以前と変わらず、さらさらと心地よい手触りだった。

初めてこの髪に触ったときのことを覚えている。もう七年も前のことだ。この廃宮の控えの間で、いけませんと制止する彼を壁際に追い詰め、その髪に無理やり手を伸ばしたのだ。

そのとき、ぴくりと彼の眉が震えた。

うっすらとまぶたが開き、深い翡翠色の瞳が現れる。

「ドラーク」

呼びかけに反応して、彼の顔がソフィアに向けられた。

「――ソフィアさま……？」

「痛みはない？　喉は渇かない？」

ドラークは小さく頷いて、水を、と声なき声で呟いた。

ソフィアが器の吸い口を唇に近づけると、彼は幼子のように素直に水を口にした。

「……気分は、だいぶいいです」

ドラークは掠れ声で言い、しかし、辛そうに目を閉じた。

「だから、あなたが自らここにいることはない。誰かに交代して休んでください」

「いや。ここにいると決めたの」

彼は呆れたように首を振った。

「あなたが、自分のせいで俺がこんなふうになったと思っているなら考え違いです。大公が錯乱して誰かを害することはわかっていたのに、呪術師やあなたを守る策を講じていなかった。不手際が自分の身に降りかかってきただけです」

「べつに、わたしのせいだからいるんじゃないわ……」

冷たく突き放され、ソフィアはそっと目を伏せた。

「ここは私の部屋だもの。それにあなたも、ここにいろって言ったことがあるじゃない」

それは苦し紛れの言い訳だったが、寝起きで思考が鈍っているドラークには効いたのかもしれない。それきり彼は無愛想な表情で黙り込んでしまった。

ソフィアは気まずい雰囲気を打ち破るように言い立てた。

「起き上がることはできる？　眠っている間に汗をかいただろうから、拭いてあげましょうか」

いつもならそんなことはしなくていいと頑なに拒む彼が、今日は何も言わなかった。反論しても無駄なのだと思ったのかもしれない。ソフィアの促すとおり、むくりと起き上がって寝間着を肩から落としてくれた。

逞しい上半身が露わになり、ソフィアは思わず息を呑んだ。慌てて目を逸らし、盥《たらい》のお湯で手巾を濡らして絞る。

「こ、こっちに背中を向けて」

ドラークはソフィアの言うままにあちらを向いてくれた。

ソフィアの緊張はいくらか和らいだ。

改めて見ると、背中にも肩口にも、癒えて塞がった傷痕がいくつもあった。右肩から背骨にかけて斜めに白くぷっくりと浮かんだ傷痕は、特に大きく新しい。

ソフィアがその傷に指先で触れると、彼はぴくりと肩を揺らした。

「この傷はどうしたの？」

「半年前の盗賊討伐で、賊に囲まれたときにやられました。恥ずかしい傷です」

そのときの話ならば、マルハレータが会いに来たときに聞かされていた。国境の村を襲った盗賊たちの根城《ねじろ》に乗り込んで討伐したという一件だ。ドラークは肩に傷を負った代わりに、一味を壊滅させ首領を生け捕りにすることに成功し、周辺の治安維持に貢献したという。

マルハレータから一部は聞いていたとはいえ、会わなかった間にドラークが見聞きしたこと、経験したことは途方もないほど多いようだ。騎士として働いていた間なのだから怖いことや辛いこともあっただろう。

「あなたは、自分が怪我をしたり、怖い目に遭うのは何ともないと思っているのね」

「……そうかもしれません」

たっぷりとした沈黙の後、ドラークはぽつりと言った。

「俺には、火だとか敵の獲物だとか、そういうものを恐ろしいという心が欠けているんです。あのときも、目の前に松明の火が突き出されたので、一番手早く確実に排除しただけです。ただ――」

何かを言いかけて、ドラークは口ごもった。

ソフィアは彼の言葉を待ったが、とうとうその先が紡がれることはなかった。

けれど、その代わり、牢獄に下りる階段の途中で老婆が口にしたことを思い出していた。

『剣を持てば恐れ知らずの騎士が、あなたの心にも身体にも小さな傷ひとつ負っていただきたくないと考えているのですよ』

ソフィアは唇を噛みしめた。

ドラークがソフィアにしたこれまでの言動のすべてをどう受け止めればいいのか、いまだに心が定まりかねていた。それがソフィア自身の身の振り方にも繋がることだからだ。

ただソフィアは、今こうしてドラークの隣にいて、彼の傷を治すための世話ができることをとても嬉しく思っている。ソフィアは黙々と彼の身体を清めていった。

すっかり肌を拭き上げた頃、彼が寝台の外に目をやった。

「ソフィアさま。お願いがあるのですが」

「なあに？」

その視線の先には、ソフィアの十一の誕生祝いにばあやが持ち込んでくれた織機があった。

「そこで機を織っているところを見せてくださいませんか」

ソフィアはちょっと驚いて、手巾を持ち上げたままの手を止めた。

織機はここで暮らしていたときは毎日必ず触っていたものだが、今は埃《ほこり》をかぶっている。

「いいけれど、少しうるさいと思うわ。眠れないかも……」

「その音がいいんです。なんとなく、落ち着くので」

「――じゃあ、後で、少しだけね」

ソフィアがそう言うと、彼は安心したように口元を緩めた。

幼い頃に共に過ごしたときとは主従が逆になったような状態だけれど、傷を負って苦しむ彼を見るのは辛いけれど、いっそのこと、ずっとこのままふたりきりでいたいとさえ思ってしまう。彼ともっとたくさん話をしたい。話さない間も隣に座っていたい。

そんな利己的な考えとは裏腹に、以前にネルドラン公爵に提示された選択を忘れられない自分もいる。

ソフィアは既に、自分の身体には大公家の血が流れており、望むと望まざるとにかかわらず、公女として、そしてその先の責任を負わなくてはならないということを知っている。

公爵は、ソフィアが願いさえすれば如何様《いかよう》にも取りはかると言ってくれてはいるが、何もかも捨てて自分だけがぬくぬくと穏やかに過ごせるとも思えないのだった。

ソフィアは惑う心に目を瞑って、ドラークの看病に精を出すのだった。


心を決めかねたまま十日以上が過ぎ、ドラークの怪我の具合は少しずつ快方に向かっていった。

よく晴れたある日、ソフィアは薬なしでも眠れるようになった彼を室内に残し、部屋の裏にある庭に出ていた。十八年間を廃宮で過ごしながら、日の出ている時間は足を踏み入れることのなかった場所だ。

春の暖かな日差しを浴びながら、ソフィアは小さな庭を見渡した。その片隅にはソフィアが丹精して育てた薬草が繁っているが、その他は殺風景なものだ。

ソフィアは以前、日の当たる一等良い場所に待雪草の鉢植えを置いていた。

しかし、鉢植えはドラークに蹴り飛ばされて割られてしまい、いつの間に片付けられたものか、跡形もなくなっている。

ソフィアはゆっくりとしゃがみこんだ。

白く小さく可憐な花は、ドラークに初めて会った日の記憶と繋がっている。

義母に贈られたものとはいえ、花そのものに罪はなかったのではないか。

そのあたりを見つめながらぼんやりとしていると、背後に人の立つ気配があった。

「何を見ているんですか」

案の定、声はドラークのものだった。

ソフィアは屈んだまま彼の顔を仰ぐ。

「お花の鉢があったところ」

ソフィアがそう答えると、彼はソフィアと視線を合わせるように隣に腰を下ろした。

「あれを蹴飛ばして割ってしまったのは、あの人にもらったものだったから……？」

ドラークは遠くを見るような目を鉢植えのあった場所に向けた。

「それもあります。いきなりああいう真似《まね》をしたことは悪かったと思っていますが、ただ
──」

ドラークは言いにくそうに口ごもり、目を伏せた。その唇がきつく嚙みしめられる。

「どうしたの？　何かあったの」

ドラークは小さくこくりと喉を鳴らした。訳ありげな様子だ。

「もう驚かないわ。話して」

ソフィアが促すと、彼は硬い表情をこちらに向けた。

「あの花……待雪草には、相手の死を願う花という別名があります。異国での言い伝えだそうですが、俺も数年前、庭師から教えられて知りました」

ドラークは淡々と続けた。

「公妃は知らずにあなたにこれを贈ったのだと思っていました。でも、彼らの企みを知ると同時に、幼いあなたにこれを贈り、マルハレータから取り上げてまでここに戻した訳に気づいたんです。そんなものをあなたのそばには置いておけませんでした」

彼の感情を抑えた口ぶりには、深い怒りが隠されていた。

ソフィアは義母が自分に向けた憎悪と執着の深さを思い知らされて、ぞっとした。ソフィアを道具として生きながらえさせながら、死ぬ日を待ちわびていたというのだから。

ドラークはその悪意からソフィアを守ろうとしてくれていたのだ。説明も言い訳も一切なかったけれど、何よりも行動でその意志を示していた。

ソフィアは自分の胸がぎゅっと締め付けられるように痛むのを感じた。

ドラークが照れたような苦い笑みを浮かべる。

「花なら、ここにいくらでも植えさせます。いや、あなたのためだけの庭園を造らせます。薔薇園でも、温室でも、果樹園だっていい。異国の花を集めて、あの睡蓮を池に浮かべて」

彼は矢継ぎ早に口にした。

その言葉に、ソフィアは会えない間に彼が贈ってくれたたくさんの花を思い出した。この廃宮で虚しく寂しく過ごしていた毎日の中で、あれだけがソフィアの希望だった。いつも彼から温かな気持ちをもらっていた。

だから今度は、自分が彼にそうしてあげられたらと思うのだ。

ソフィアは彼に向き合って微笑んだ。

「今度は、自分で花を育ててみたいわ。それには、これくらい小さな場所から始めるのがちょうどいいかもしれない」

せっかくこうして外に出られるようになったのだ。日の光を浴びて自分で土を耕《たがや》して、花の種を植えて、芽が出て花が咲くのを待つのだ。

「あのね、あなたにあげた薬の材料はここで育ててたの。そこに、雑草みたいに見えるでしょう」

ソフィアは庭の片隅の薬草の茂みを指し示した。

「あんなふうにして、ちょっとずつお花が増えていったら楽しいと思わない？　上手に咲かせられたら、その花をお母さまのお墓に手向けたり、あなたや公爵に贈ったりするの。まだ勝手もわからないし、気が遠くなるくらい先のことかもしれないけど……」

ソフィアは自分の手を見つめた。

「そういえば、あの薬はどうして使ってくれなかったの？」

「……あなたの呪いが解けるまでは治したくなかったんです。今はこうして、さらにひどい火傷を負ってしまいましたが……」

ソフィアは深く頷いた。彼がソフィアを救うために胸に秘めていた、悲壮な決意のほどを知ったのだ。包帯を巻かれたままの彼の腕にそっと手を伸ばす。

「効くかどうかはわからないけど、わたし、また薬を作るわ」

そう言って、春の庭に再び目を向ける。

ドラークは自分の身が傷つけられることも、他人に悪意を向けられることも何ともないと言う。けれどソフィアは、彼が傷を負ったり苦しい思いをしたりするのは嫌だ。そんなことになるくらいなら、自分が代わって痛みを負いたいと思う。降りかかる災いから庇ってあげたいと思う。

もしも彼が傷ついたなら、側にいてお世話をして、癒やしてあげたいと思う。それが守りたいということなのだ。ソフィアはドラークにそうしてずっと守られてきた。ソフィアも、武力や体力では及ばずとも、彼を守ってあげたいと思う。

ならば、ソフィアにできるのは、公女の身分を捨てて城から出ることではなく、彼の妻になって城の最奥で醜いことや辛いことから引き離されて生きることでもないのではないか。

どんなに時間がかかっても、この手が日に焼け荒れてしまっても、自分の手で花を咲かせることなのかもしれない。

「ドラーク、あのね」

遠慮がちに切り出したソフィアに、彼が目を上げる。

「お願いがあるの。しばらくして、あなたの体調が落ち着いたら、わたしを――」

続いてソフィアの口にしたお願いに、彼は少し驚いた様子を見せ、すぐに深く頷いてくれた。


一月後、初夏のよく晴れた日。

早朝のまだ日も昇りきらない頃に、ソフィアはドラークに伴われて城の厩舎の前にいた。すぐに立派な鞍を取り付けられたグライス号が手綱を引かれてやって来た。

ソフィアはドラークにこう頼んだのだった。『わたしをグライス号に乗せて、お城の外に出かけてほしい』と。

ソフィアは数年ぶりに再会したドラークの愛馬に近づいて、横から鬣を撫でた。

賢い馬はソフィアの匂いを忘れてはいなかったようで、鼻先をソフィアの胸に擦りつけるようにして親愛の情を示してくれた。

先にドラークが鞍に乗り込み、踏み台を使ったソフィアを抱き上げるように横座りさせる。彼の手がソフィアの両脇をくぐって手綱を握った。

ソフィアは、横から抱かれるような格好と、急に高くなった目線とに戸惑う。

ドラークが馬の腹を軽く蹴ると、ゆっくりとその脚が動きはじめた。

ソフィアの髪を朝の涼しい風がなぶった。目を細めて乱れる髪を撫でつけながら隣を見上げると、まっすぐに前を見つめるドラークの顔が目に入る。

グライス号は城壁の内側をぐるりと回り、ソフィアの母の墓の前で一度止まった。少ししてまた駆け出し、跳ね橋をくぐって城壁の外に出る。

太陽が空の中程に昇った頃、ふたりと一頭は城を見渡せる丘の上に来ていた。

丘の頂には一本の立派な木が天に向かってそびえ立っている。

その大樹の前でふたりは馬から下りた。

「とても眺めのいいところね。何度か来たことがあるの？」

「ええ。こいつと何度も」

そう言ってドラークはグライス号の首を軽く叩いた。

ソフィアは城の南に街が見えることに気づいた。一重の石壁に囲われたさらに向こうは緑の平原が広がり、その中央を灰色の街道が貫いている。街道をまっすぐ南に下れば港へ、西に曲がればドラークの領地である辺境伯領へたどり着く。

大公国の国土は、いくつもの街や村を含んで、北方に白くかすむ山々の辺りまで広がっているのだという。

廃宮をほとんど出たことがなく、城の構造ですらまだ十分には把握できないソフィアにとって、国の地理も、そこに住む人々の生活も書物で知っているだけで、実際の姿を想像すらできないほど大きく遠い。

ソフィアの不安を煽るかのように、ひときわ強い風がふたりの側を吹き抜けた。

思わず首を竦めたソフィアを、ドラークの腕が守るように抱き寄せてくる。

ごく自然で優しい仕草に、ソフィアの胸はときめきを覚える。

朝日に照らされた彼の横顔はとてもきれいだった。

ソフィアはこうやって、彼の側に寄り添って立つことを夢見ていた。

馬に跨がって城を出て、日の光を浴び、風を頬に感じて。

「ドラーク、わたし、あなたに言わなくちゃいけないことがあるの」

彼が少し顔を俯けてソフィアの顔を覗き込む。

ソフィアは目を上げ、まっすぐに彼を見つめた。

「あなたのことが好き。たぶん、初めてあなたに会った日から」

ドラークは大きく目を見開き、唇を薄く開いた。動揺を隠しきれないといった表情だ。

「あなたが、これをくれたとき――」

言いながらソフィアは外套の内側に手を入れ、懐からグライス号の毛で作られた房飾りを取り出した。

「あの日の朝に気がついたの」

房飾りを差し出すと、ドラークが火傷を負った方の手で受け取った。その手は以前と変わらず動かすことができるほどにまで回復したが、分厚い手袋で守られている。

「俺は――、あなたにひどいことをしました」

絞るような声で彼が言った。

「それでも……？」

恐れるような問いかけに、ソフィアは一度目を伏せ、考え込んで、再び顔を上げた。

「それは、なかったことにできる気がしないけれど、でも……、でも」

ドラークが悪かったと思い、悔いているのなら、もう責めたりはしない。

「ドラークの怪我の看病をしている間、七年前の、あなたと過ごした一年のことを思い出していたの。あのときに戻ったようで、懐かしかった」

日の光の差さない廃宮で、誰からも忘れられたように過ごした一月《ひとつき》だった。

ふたりの間には、人の死や、血なまぐさい争いや、離れていた間の辛く悲しいことが降り積もった。

それを忘れることはできないけれど、あの一年間がそのまま続いているような、束の間の幸せな夢を見ることができた。

機を織るソフィアを見つめる彼の目が、以前と変わらずひどく優しかったから。

「あなたが、ここに連れてきてくれて、あのときのお願いを叶えてくれたから、わたしもあなたにちゃんと言わなくちゃと思ったの」

ソフィアはそっとドラークの腕をほどいて、真正面から彼を見た。

「もし……、もしあのときの約束を覚えてくれていたとしても」

そこから先を口にするのには、たっぷりと時間を要した。

ぎゅっと目を瞑る。

「もう、主人としてのわたしのお願いはおしまい。これで十分よ」

ソフィアがそう口にすると、彼は小さく目を瞠り、顔を強張らせる。

「――どういう意味です？」

探るような言葉とともに、恐れるような、訝しげな視線が向けられた。ドラークはいまだに、ソフィアが目の前から消えるかもしれないことを、ただそれだけを恐れているのかもしれない。

ソフィアは思わず口元をほころばせた。

彼は一度はマルハレータの夫になった人だ。世間の目は許さないかもしれない。誰より自分自身が後ろめたい思いと戦い続けなければいけないだろう。でも。

幼い頃、願うことすら許されないと思い焦がれていたことが、彼のおかげでひとつひとつ叶っていった。一度も参ったことの無かった母の墓前に花を供えることができたのも、彼がソフィアにかけられていた呪いを解いて、命を救ってくれたから。

幼くて無力だったソフィアは、彼にお願いを叶えてもらうばかりだった。

心を決め、まぶたを上げる。

「今度は、対等に約束したいの」

彼はその言葉の続きを静かに待ってくれていた。

ソフィアは、朝日に透ける彼の赤毛と、草原の色の瞳に見とれた。

「わたしはどこに行っても、どんな身分になったとしても、あなたの側にいる。だからあなたも、わたしを二度と離さないでほしいの」

ドラークは小さく喉を鳴らした。

彼はソフィアと目を合わせたままゆっくりとその場に跪く。その眼差しは痛いほどに真摯で、引き結ばれた唇が彼の決意の強さを表していた。

「――誓います」

彼の左手がソフィアの左手を取った。

ドラークは顔を伏せ、その手の甲に短いくちづけを落とした。指をぎゅっと握り、何かを懇願するように額を擦りつける。

ためらいのような沈黙の後、彼は呻くような声で口にした。

「あなたの側にいられるなら、地獄の業火《ごうか》に焼かれてもいい」

その言葉は、愛していると言われるより強くソフィアの心を締め付けた。

ソフィアは微笑んで頷く。

「わたしも、いいわ」

ふわりと膝を折り、ドラークと目の高さを合わせるように屈み込んだ。

「もう、跪かなくてもいいの。こうして、同じものを同じところから見ていたいわ」

そして、両手をそっと広げて彼の肩を抱きしめた。

馬の毛で編む房飾りには、幸福を呼び戻すという謂《い》われがあった。

彼とふたりならば、その先にたどり着く場所が地獄であったとしても、そこを楽園と呼べる気がした。

エピローグ

日が沈みはじめた夕刻。

潮風に吹かれる港街の一角で、三人の男女が別れを惜しんでいた。

「こんな形であなたを見送ることになるとは思わなかった」

ネルドラン公爵は困ったような顔つきでそう言った。

簡素な旅装に身を包んだソフィアは、叔父に向かって微笑んでみせた。

「わざわざ来てくださって、ありがとう……」

ソフィアはドラークに付き添われ、都の南の港街から海を挟んだ隣国行きの船に乗ろうとしていた。

この国を去るためではなかった。

ドラークはいずれ公爵の跡を継いで宰相になるべく、異国へ留学する。

ソフィアの方は病気の療養のため温暖な別荘地に赴く。

宮廷の混乱が収まるまでのしばらくの間そう偽ることにしたが、実際には一月ほどを隣国の公爵の旧来の知人のもとで過ごしたら、再び船に乗って国内に戻り、旅行中の貴族の若夫婦のふりをして国内を見聞して回るつもりだ。

一年を目処に城に戻った後、寺院でひっそりと婚儀を挙げる。父が退位した暁には、ソフィアが大公位を継ぎ、対等な配偶者としてドラークと共同統治を行うつもりだ。

それは、ソフィアがネルドラン公爵に願ったことだった。

「あなたには驚かされる」

公爵は懐かしい目をして口元を緩めた。

その表情は優しく、決して恐ろしいとは思えないのだった。

一月前のある日、ドラークとともに丘の上への遠駆けから帰ってすぐ、ソフィアはネルドラン公爵にこう告げた。

ドラークとともにこの国を継ぎたい。

その前に一度城を出て、国中を回り、いろいろなものを見てみたい。

ネルドラン公爵はその申し出に面食らい、しばらく言葉が出なかったらしい。

「私はあなたに、兄の跡を継いでほしいと言われるのだろうと思っていた」

ソフィアももちろんそう考え、以前に彼に聞いてみたことがあった。

そのときの返事は、『自分が継いでも、次を継ぐ者がいない。守りたいものもない』というものだった。

たぶん、公爵の守りたかったものは十八年前に失われてしまったのだ。それを悔やんで、兄の影となってひたすら政に打ち込み、国を生きながらえさせてきたのだろう。

「それでもいいと思っていた。でも、あなたがいずれ戻ってきてくれることで、ひとつ生きる甲斐ができた気がする。あなたが、彼女が全うできなかった命を生きて幸せになるのを側で見ることができるなら」

公爵は慈しみが滲む声で言った。

彼は、ソフィアが表向き療養という名目で宮廷を離れている間に、父の名で義母の罪を明らかにし、母について流れる不名誉な噂を一掃するつもりだと教えてくれた。それがソフィアの母のためにできるささやかな弔《とむら》いであり、ひいてはソフィアの地位を回復することにも繋がるのだと。

そしてこうも話してくれた。

ソフィアが戻ってきたとき、地位に相応しい見識を身につけ、努力する姿勢を持っていなければ、回復した名誉もすぐに風に吹かれる砂楼《さろう》のように消えてしまうだろうと。

彼はソフィアの隣に立つドラークにも視線を向けた。

「私は、簒奪者《さんだつしゃ》と呼ばれることを恐れるあまり、唯一と思った人を守ることもできずに永遠に失った。私は君に、自分ができなかったことを果たしてもらいたかったのかもしれない。そして、ソフィアを守ってくれた君に心から感謝している」

「はい」

ドラークは深く頷き、短く答えた。

ソフィアはその言葉に胸を締め付けられた。

この人が自分の本当の父親だったならどれほどよかっただろう。

涙の滲む目元を擦ったソフィアは、公爵の懐かしそうな呟きを聞いた。

「初めて会ったとき、ソフィアが私に、お父さま、と問いかけてくれた」

もう一年以上も昔のことだ。

あまりに似た声を聞き間違え、姿も見えない彼に父なのかと声をかけたのだ。

「彼女の名誉のために、偽りを口にはできない。だが、本当にそうだったならと、あの日からずっと思っているよ」

公爵は自分の足下に目線を落とし、寂しげな表情を見せた。しかし、すぐに顔を上げ、ソフィアの肩を一度だけ軽く叩いた。

「手紙をくれ。返事を書くよ」

何通も書き送った彼への手紙。

同じ城にいながら返信が届くことはなかったけれど、これからは待っていてもいいのだ。

そして、遠くないいつの日か、彼のもとに帰ることができる。

「旅の無事を祈っている。彼と一緒ならば何も心配はないだろうが……」

ドラークは頼もしげに頷いてみせた。

公爵に見送られ、ソフィアはドラークとともに船に乗り込んだ。

最後に振り返った港街の人々の中に、ソフィアは黒ずくめの小さな人影を見た気がした。


船は海の上を滑るように港を出た。

ソフィアが船に乗るのは初めてだった。実際に目にするまでこんなに大きな乗り物だとは思っていなかった。

船だけではなく、街道沿いの村の風景も、港街の人々の暮らしも、本で読んだことはあっても、実際に見たり匂いを嗅いだり味わったりするのでは格段の違いがあった。

これからそういうものが数え切れないほどソフィアを待っているのだろう。

ソフィアは水平線に夕陽が沈んだ後もしばらく甲板の上で外を見つめていた。

「風が強くなってきました。そろそろ中に入りましょう」

ソフィアはドラークに導かれて船室に戻り、窓の側の椅子に腰掛けた。

「今日は移動が長かったので疲れたでしょう」

確かに、朝に城を出発し、夕方に港に着くまでずっと落ち着くことはなかった。ほとんどは馬車の中で過ごし、歩いた時間は短かったとはいえ、見知らぬ土地を行くのはかなり気疲れするものだった。

しかし、ドラークの方が馬に乗って移動していたのでずっと疲れているはずだ。

ソフィアがそう言いかけたときにはもう、彼が隣の部屋から湯気の立つ盥を運ばせていた。

「足を洗ってあげましょう」

「い、いいわ。自分で洗うから」

慌ててソフィアは立ち上がるが、彼はもうソフィアの足下に跪いてしまっていた。

「自分でできるわ。これから先、何でも人にやってもらうわけにはいかないでしょう」

「では、今日だけ」

柔らかく説き伏せられ、ソフィアは再び腰を椅子の上に落ち着けさせられた。

ドラークが両手の手袋を外して脇に置く。

「失礼します」

彼はソフィアのドレスの裾をペチコートごとそっと持ち上げ、膝の上あたりでまとめてしまう。編み上げ靴の紐をしゅるしゅると解かれ緩められた。靴を脱がされると太ももまでの長さの薄い絹の靴下だけになってしまう。

何だか頼りない心地になり、ソフィアは思わずそこから目を逸らした。

灯りは燭台だけの暗い船室の中とはいえ、ドレスを捲り上げて素足を見せようとするなど恥じらいのない行為ではないのだろうか。

もちろん、ドラークと心を通わせていることを承知の上で旅に同道してもらい、同じ部屋で寝《やす》むことにしている以上、いつかは自然に抱き合うことになるのだろうと想像しないではなかった。

だが、彼を跪かせ、自分自身の脚を露わにして触れさせようとするのはひどく倒錯的な行為であるように思われた。

「靴下を取ってもかまいませんか」

「――い、いいわ、自分で……」

彼の前で腿を晒して靴下留めを外すのにはためらいがあった。手を持ち上げたまま動かせないでいると、そっとドラークの手が伸びてきた。

「……あっ」

繊細な手つきでスカートの中に手が入れられ、勿体ぶるように時間をかけて靴下留めが外された。腿の内側に彼の乾いた温かな手が触れ、ソフィアはびくりと身体を揺らした。

耳まで熱くして頬を染めるソフィアに気づかないふりをして、彼はくるくると靴下を巻き取ってソフィアの素足を露にした。

　これまでの何度かの情交は、彼がソフィアの抗いをほとんど意に介さず、快楽で翻弄して抱き潰すようなものだった。身体に傷が残るような真似やソフィアが痛みを感じるようなことは一切なかったし、むしろソフィア一人が乱れさせられて啼かされるばかりだった。

　だから、ドラークにひたすらに奉仕されるような今の状態は、ソフィアに大いに戸惑いを覚えさせた。

　足を洗ってもらうために少し着衣を解いただけなのに。まだろくに肌に触れられてもいないのに、なぜか胸の鼓動が速くなり身体の芯がじんわりと温もっていく。

　彼はソフィアの右足を支えるように持ち上げ、湯を絞った手巾で膝から下を拭いはじめた。ふくらはぎから骨の浮いた踝《くるぶし》、そして足の甲と指先。硝子で作られた置物を扱うような優しい手つきだ。

「靴がきつかったのではないですか？　少し、むくみが出ています」

「……そう、かしら……」

　問いかけられても、切れ切れの声で答えるのがやっとだ。

　左足も同じように洗ってもらいながら、ソフィアは足下に跪く彼の頭をじっと見つめた。いずれは夫になる人に、こんなことをさせてしまってもいいのだろうか。それにしても、日の光の下で見ても、蝋燭の灯りに照らされていても、彼の赤毛は落日を写しとったかのように美しい。

両足を温かい湯で清められ、丁寧に拭いてもらい、それで気まずい時間はおしまいになったかと思われた。

「ありがとう、これでもう――」

しかし、ドラークは盥を脇に追いやり、再びソフィアの足をその手に捕らえた。ふくらはぎを片手で支え、膝の裏から下に向けて揉みほぐしはじめる。

むくんでいるから手揉みしてくれるということらしい。

手巾越しではなく直に彼のてのひらの熱さを感じてソフィアは頬を染めた。

「そんなことまでしなくていいのよ。本当にもういいから」

そう言って逃れようとしたソフィアは、次の瞬間びくっと全身を震わせた。

「あっ――」

つま先を温かく濡れたもので包まれたのだ。ドラークが屈み込んでいるのでよく見えないが、彼がソフィアの足をその口に含んだのに違いない。ぬめぬめと足指の間を往復するのは彼の舌だった。

「やっ……、やめて、ドラーク、汚いわ……！」

椅子の上で腰をよじろうとするも、しっかりと足を抱え込まれて身動きをとれなくされてしまう。

その間もドラークはソフィアの足の指の一本一本に唇で吸い付いたり肉厚な熱い舌で舐めしゃぶったりと好き放題に動いた。ひどく敏感な足裏を硬くした舌先が辿る。

「あっ……ん、っ」

舐められていない方の足までも大きく震えてしまう。

ソフィアは彼の頭の方に必死で手を伸ばし、その髪を摑んで制止しようとした。

「やめて、ドラーク、おねが……」

「触れさせてください。気持ちよくするだけだから」

彼は頭を上げ、何食わぬ顔で言った。その唇にはうっすらと満足げな笑みが浮かんでいる。

「こんな……、こんな……、――っあ」

「あなたの肌は、どこもかしこも甘い」

ドラークが再び顔を伏せ、ふくらはぎから膝の裏にしっとりとしたくちづけを落としていく。唇は明らかな意図を持ってだんだんとソフィアの深く秘められた場所に近づいていった。

「ふ……、っ、ん、ん……っ」

時折音を立ててきつく肌を吸い上げたり、甘噛みしたりされるうち、ソフィアは声を殺すだけで精一杯になってしまう。

やがて彼はソフィアの右足を肩に担ぎ上げ、下肢を覆う下着の紐に手をかけた。

「あっ――」

ソフィアは思わず我に返って抗うが、ドラークはソフィアの手を椅子の後ろに回させて自分の手で拘束してしまう。逆の空いている手がそっと秘所に伸ばされて、最奥に息づいている花弁に触れた。

「ンっ」

彼の唇が柔襞の合わせ目の敏感な尖りにそっと這わされる。

「あ、だめ――」

濡れた舌が確かめるようにその上を辿った。久しぶりの愛撫は刺激が強すぎる。

「いや、あ、あっ……、ぁあ、く」

舌先が円を描くと、貪欲なその場所は充血してぽってりと膨らんだ。ますます滑らかになった動きは絶えずソフィアの下肢に甘やかな快感を送り込み続ける。

彼は真っ赤な花芯を舐めたり唇で挟んだりと懇ろになぶりながら、指を花弁のあわいに触れさせた。

「悦いんですね」

自分で見て確かめなくても、そこがたっぷりと蜜を含んでしまっているのがわかる。じんわりと身体の芯から快楽が滲みだしているからだ。

「あなたは可愛い。身体はこんなにも素直で――」

感じ入ったような掠れ声でドラークが言った。その長く硬い指がゆっくりと挿入され、狭い蜜壺の中を進んでいく。途中で気まぐれに止まったり、子宮の入り口をくすぐったりもする。

「俺を喜んで受け入れてくれる」

「ン、そんな言い方――っ」

まるで淫乱と呼ばれているようだ。ソフィアは頬を真っ赤にしてぎゅっと目を瞑る。

ソフィアの身体を熟知した彼が、肉壁の少し膨らんだ場所を指の腹で持ち上げた。

「ん、そこ……、だめ……っ」

あえかな声で訴えるが、彼を煽る結果にしかならなかったようだ。

ドラークは目を細め、唇と舌での愛撫を再開した。尖りきった芽をすぼめた唇で含み、柔らかくした舌先でこね回す。

ソフィアが髪を乱して首を振っても、胸を反らして腰を揺らしても、敏感な二箇所への容赦ない愛撫は止むことはなかった。

「ぁ、ん、ぃや、いや、もう――」

覚えのある感覚がせり上がってくる。

下肢がじんわりと痺れ、快楽を受け止めるためだけの器になったようだ。

恋い焦がれた男を跪かせてこんなことをさせている。

なのに抗えずに翻弄されているのは自分のほうなのだ。やめてと言っても聞き入れられず、ただ愛欲を流し込まれて。

「だめ、もう……、んっ――」

目の前が真っ白に染まり、全身がびくびくとのたうつ。もう何も考えられなかった。

「ん、いやぁっ……」

達してしまい、もうこれ以上の快楽は恐ろしいばかりだというのに、ドラークの愛撫は終わらなかった。息を整えようとするソフィアのそこを舌で嬲り続け、指を増やしていっそう執拗に内部を探る。

「……ーク、もうだめ、やめて……っ、やめて――、あ、あぁっ」

過敏になった身体は濃厚な愛撫を与えられ、いともたやすく二度目の絶頂を迎える。

「あ――」

彼を求めるように腰をぶるぶると震わせ、その広く頼もしい肩をかきむしった。

その指から力が抜け、全身がぐったりとなってしまった頃、ドラークがようやくソフィアの足を床に下ろして顔を上げた。

そして、真っ赤になり、目元を涙でぐちゃぐちゃにしたソフィアの顔を下から覗き込む。

「見ないで……」

ソフィアは顔を逸らすが、両手首を摑まれて動けなくなってしまう。

「……ひど……わ、こんな……、恥ずかしいこと……」

泣き濡れた声で切れ切れに訴えるソフィアに、ドラークは幼子を労るような優しい表情を見せる。

「すみません。ソフィアさまがあまりに可愛らしかったので、我慢ができませんでした……」

言いながら下からくちづけてくる。

ソフィアが拗ねて顔を背けると彼は苦笑して小さなため息をついた。

彼の腕が背中と膝下に回ったかと思うと、ふわりと身体を持ち上げられた。横抱きにされたまま少し離れた場所にある寝台に連れて行かれる。

「今度はきちんと寝台の上でしますから」

「そんな、場所の問題じゃ……」

仰向けに転がされたソフィアの上に逞しいドラークの身体が覆い被さってくる。

「あなたを愛させてください。こうやって」

彼の左手がソフィアの頬を包んだ。翡翠色の瞳が真摯に見下ろしてくる。

「やり直す機会をください」

その言葉にソフィアは何も言い返すことができなかった。

これまで重ねた情交はどれも無理強いで、ソフィアは嫌がりながら翻弄されるばかりの一方的なものだった。

でも、今さっきのことだって、不意打ちだったとはいえ、ドラークがソフィアに奉仕するだけで、ソフィアは何も彼にしてあげてはいないのだ。

ソフィアは頬に添えられたドラークの左手に頭を預けた。この旅の長い時間をかけて、その手に残る火傷の痕の治療を進めていくことになっている。そのてのひらに子猫のように鼻先を擦りつける。

そっと手を伸ばし、真上にある彼の顔に触れる。さらさらとした赤毛、こめかみ、形の良い眉。高い鼻梁、優しくソフィアを呼んでくれる唇。

ソフィアは上体を起こして、彼に遠慮がちにくちづけた。

「……いいわ」

彼は降るようなくちづけを浴びせながらソフィアのドレスを緩めていく。

一方的に脱がされるのは恥ずかしく、ソフィアもドラークの旅装に手をかけると、びっくりしたように彼が手を止めた。

「普通というのがどういうものなのかわからないけれど、わたしにも、あなたを――」

語尾は掠れて消えたが、ドラークにもその意図は伝わったようだった。

互いに先を争うように衣服を脱がせ合った。

急に恥ずかしくなったソフィアが寝台の上掛けの中に潜り込もうとすると、ドラークは一旦寝台から離れて灯りを消した。

真っ暗になった船室の中で、彼はきつくソフィアを抱きしめてくる。

「もう離しません。二度と」

耳元に熱く吹き込まれ、ソフィアはくすぐったさに首を竦めた。

「離れろと言われても、どこにも行かないわ……」

彼がソフィアの首筋に顔を伏せ、乳房を手で包んだ。同時に両脚の間に身体を挟み込んでくる。

太ももの内側に既に熱く硬くなった彼の欲望を感じ、ソフィアはどきりとした。

闇に浮かび上がるほど白い乳房を愛撫しながら、彼はソフィアのうなじにねっとりと舌を這わせる。熱い吐息が耳をくすぐった。

ソフィアは彼の背中に手を回し、逞しい肩をてのひらで撫でた。筋肉の隆起を楽しむように指を遊ばせていると、ドラークが切羽詰まったような声を出した。

「――くそ、もう我慢がきかない。一度、抱いてもいいですか」

許しを求められ、ソフィアは首から上を真っ赤に染めて声もなく頷いた。

その気配を察するや否や、ドラークはソフィアの両脚を開かせ、優しく花襞を押し広げてのしかかってきた。

「あ……っ」

既にどろどろになっていた虚《うろ》は、きつい入り口をくぐった彼の剛直を容易に受け入れた。

大きなものにみっしりと満たされてゆく。

圧迫感と表裏一体の安堵がソフィアの胸を満たした。

奥まで行き着いた彼はしばらくは動かず、内部の温かさを堪能しているようだ。

「ソフィアさま、苦しくはないですか」

小さく頭を振り、ドラークの首にしがみつく。

自分の内側が蠢き、彼を歓迎し、絡みついているのがわかる。断続的に締め付けては自ら快楽を得ようとする自分の身体の浅ましさに呆れるほどだ。

「では、気持ちいい？」

ソフィアはぎゅっと目を瞑って答えなかった。恥ずかしくてたまらなかったのだ。

「俺もとても幸せです。あなたが心から受け入れてくれたから……」

そう言って、ゆっくりと腰を動かしはじめる。

「……あ、……ん、ドラーク……」

敏感な胎内を擦られる感触にめまいが起こりそうだ。

それが、ようやく思いを通わせ、心を決めて抱き合った人に愛されてならなおのこと。

好きな人を受け入れて、気持ちがよいのは、幸せなのは、当然のことなのだ。

ソフィアはなんだかやっと許されたような気持ちになって、深くため息をついた。

優しく揺すぶられながら、しがみつくように彼を抱きしめる。

かつて自分を苦しめた恐ろしい呪いも、閉じ込めていた高い灰色の石壁ももうない。代わりにソフィアを迎えたのは途方もなく広い世界と果たさねばならない大きな役目だったけれど、この腕さえソフィアを抱き留めてくれていれば、どこにでも行けるし、何も恐ろしくはないと思えた。

彼が騎士として、恋人としてソフィアを守ってくれる。そしていずれは、ソフィアが背負っていく重い責務を分け合う生涯の伴侶《はんりょ》になる。

ソフィアは、以前は願うことすら許されなかったその幸福を噛みしめる。

「ソフィアさま、愛しています」

熱い囁きと力強い抱擁に身も心も蕩けてしまいそうだ。

わたしも、という消え入るような囁きは、温かな闇の中に溶けた。

あとがき

こんにちは。藤波《ふじなみ》ちなこと申します。

はじめての方も、そうでない方も、この本をお手にとっていただきありがとうございます。

『最愛の花』は、ソーニャ文庫さまで書かせていただいた三冊目の本になります。


突然ですが、私は身分違いの恋のお話を読むのも書くのも大好きです。

先に出版していただいた二冊でもヒーローとヒロインの間に身分差があったのですが、このお話は少し趣向《しゅこう》を変えて、ヒロインの方が姫君、ヒーローの方が護衛の従騎士という主従関係から始まります。ふたりが地位に縛られてままならなくて、焦れ焦れしている感じをお伝えできたらと思います。

他にも、「騎士の誓い」「幼い頃の初恋」「周囲の思惑で引き裂かれる」「騎馬試合（馬上槍試合）」「成り上がりヒーローが下克上」「好きな人が姉妹と結婚してしまう」など、好きなモチーフを詰め込みすぎて闇鍋《やみなべ》的なお話になってしまっているかもしれません！

プロットの段階から温かく丁寧にご指導いただいた担当のYさま、お話ししているとアイディアがどんどん湧いてきて、修正作業までとても楽しかったです。素敵なタイトルをつけてくださってありがとうございました。

そして、お忙しい中、イラストを描いてくださったＣｉｅｌ先生、いつかご一緒させていただけたら…と憧れていました。夢が叶って幸せです。イメージにぴったりで美しいふたりを見るたびに感動のため息が出ます。本当にありがとうございました。

Ｃｉｅｌ先生の超美麗なイラストとともに、お話も楽しんでいただけたら嬉しいです。

最後に、この本に関わってくださった皆さまに感謝をこめて。

藤波ちなこ

Sonya
ソーニャ文庫

この本を読んでのご意見・ご感想をお待ちしております。

◆ あて先 ◆
〒101-0051
東京都千代田区神田神保町2-4-7 久月神田ビル7階
㈱イースト・プレス　ソーニャ文庫編集部
藤波ちなこ先生／Ciel先生

最愛《さいあい》の花《はな》

2016年2月12日　第1刷発行

著　　者　藤波《ふじなみ》ちなこ
イラスト　Ciel《シエル》
装　　丁　imagejack.inc
D　T　P　松井和彌
編集・発行人　安本千恵子
発　行　所　株式会社イースト・プレス
〒101-0051
東京都千代田区神田神保町2-4-7 久月神田ビル8階
TEL 03-5213-4700　　FAX 03-5213-4701
印　刷　所　中央精版印刷株式会社

ISBN 978-4-7816-9571-6
定価はカバーに表示してあります。